흰
벽
소

이 도서의 국립중앙도서관 출판사도서목록(CIP)은 e-CIP홈페이지(http://www.nl.go.kr/ecip)에서 이용하실 수 있습니다.

흰별소

2015년 1월 31일 초판 1쇄 펴냄
2017년 8월 10일 초판 3쇄 펴냄

글쓴이 | 이순원
그린이 | 이소영
펴낸이 | 김준연
펴낸곳 | 도서출판 단비
편 집 | 신수진
등 록 | 2003년 3월 24일 제2012-000149호
주 소 | 경기도 고양시 일산서구 일중로 30 505동 404호(일산동, 산들마을)
전 화 | 02-322-0268
팩 스 | 02-322-0271
전자우편 | rainwelcome@hanmail.net

ISBN 979-11-85099-24-8 04810
     978-89-967987-4-3 (세트)
값 12,000원

흰
별
소

이순원 장편 소설
심홍 이소영 그림

단비
danbi

차례

이것은
우리가 천천히 걸어 대지를 갈아 일으키던 시절,

보습 하나로 인간세계를 진동시켜온 우추리 차무집 소의
제일 큰 할머니 흰별소와 그 어머니 그릇소, 그 아래 미륵소, 버들소,
화등불소, 홍걸소, 외뿔소, 콩죽소, 무명소, 검은눈소, 우라리소, 반제기소,
그리고 흩어진 그 후예들의 행전이다.

뿔은 가도 워낭은 남아 우리의 이야기를 전한다.

우리가 다시
만났을 때

검은눈 소가 전하는 5월 봄밤의 이야기

그건 틀림없는 그 아이였다. 이 뿔 속의 기억이 틀리지 않다면, 이 세상에 어느 일도 그렇게 단정할 수 없다 하더라도 그것은 우리가 저 아래 땅 위에서 살던 때의 일이었다. 우리는 이곳 하늘의 황소자리에 들어서도 흰별소 할머니 때부터 대를 이어 살아온 우추리 차무집에서의 일을 잊을 수가 없다.

내가 그 아이를 본 것은 5월 초였다. 4월부터 피기 시작한 수수꽃다리의 매혹적인 향기가 밤마다 지상에서 우리의 영혼이 머물고 있는 하늘로 올라왔다. 그날도 바람 속에 전해지는 수수꽃다리의 짙은 향기가 온 하늘에 진동했다. 저녁때가 되자 은하수 주변뿐 아니라 멀리 있는 별들까지 봄바람이 실어 나르는 꽃향기에 정신이 혼미해질 정도였다.

그 향기 속에 저 아래로 언뜻 은하수처럼 흐르는 강을 보았다. 별빛이 흐르는 밤에 내려다보면 더욱 조용하고 아름다운 강이었다. 예전에는 마을 아낙들이 빨래를 하고 아이들이 가재를 잡던 곳이었다.

지상에서 하늘로 올라오는 건 수수꽃다리의 향기만이 아니었다. 무언가 은은함이 섞여 있다 했는데 그건 강가에 줄지어 심어놓은 이팝나무꽃 향기였다. 수수꽃다리보다 조금 늦게 피는 꽃이었다. 나무마다 꽃이 활짝 피어나면 그게 마치 흰 쌀밥을 바구니 가득 담아 나무에 빈자리 없이 얹어놓은 듯한 모습이었다. 꽃향기도 박하나 수수꽃다리처럼 진하지 않고 아주 향긋하고 은은했다.

우리가 대대로 살았던 우추리 차무집 밭가에도 두 그루의 커다란 이팝나무가 있었다. 듬성듬성 돌까지 박힌 비탈밭을 힘들게 갈다가 문득 바람결에 실려 오는 꽃냄새를 맡을 때가 있었다. 그러면 그것만으로도 금방 걸음에 힘이 나고 쟁기를 끄는 일까지 가벼워지는 듯했다.

우리와 함께 논밭을 갈던 차무집의 어른은 이팝나무의 꽃과 잎만 보고도 한 해 농사의 풍년과 흉년을 점치곤 했다. 봄에 꽃보다 먼저 나오는 잎의 모양이 좋으면 그건 땅이 가물지 않다는 뜻으로, 모내기를 비를 기다려가며 찔끔찔끔 하지 않고 한 번에 다 할 수 있다고 여겼다. 그러다 꽃이 무쇠솥에 지은 밥처럼 윤기 있게 피어나면 바구니 가득 흰 쌀밥을 퍼 담듯 가을 농사가 풍년 든다고 했다.

하늘의 일도 땅의 일과 비슷해 땅에 이팝나무꽃이 피면 한 해를 열둘로 나누어 정한 하늘의 별자리도 우리 소들의 영혼이 깃든 황소자리가 되었다. 이것은 별에게 축복과도 같은 시간이었다. 하늘의 해가 일 년 동안 땅위를 비추며 지나가다가 이때가 되면 바로 우리 황소자리 금우궁(金牛宮)에 들었다.

해가 깃든다는 것은 별자리로서는 참으로 영광된 일이었다. 해가 지나가는 길목에 있는 열두 개의 별자리 모두 그때를 기다렸다. 지상에 있을 때 이팝나무꽃이 왜 우리의 걸음을 가볍게 하는지 궁금했는데 그게 바로 황소자리의 시간을 알리는 꽃인 때문이었다.

그날 내가 그 아이를 보았을 때 우리 황소자리는 서쪽 하늘 끝에 있었다. 지상의 구분으로는 겨울철의 별자리였다. 한 해의 추수가 끝나는 가을에 동쪽 하늘에 나타나기 시작해 겨울에 남쪽 하늘 중간에 자리 잡았다. 그러다 봄이 되어 이팝나무꽃이 은은한 향기를 바람에 실어 보내면 우리 영혼의 보금자리와 같은 황소자리는 밤하늘의 서쪽 끝으로 이동했다. 바로 그때 하늘의 천정을 따라 도는 해가 우리 금우궁에 드는 것이었다.

바로 그런 봄날, 그 아이를 예전 차무집으로 가는 시골길에서 보았다. 그때 나는 우리 차무집 소들이 모두 공경해마지 않는 흰별소 할머니와 함께 황소자리의 심장과도 같은 플레이아데스 궁전에 머물러 있었다. 아래를 내려다보니 그 아이가 누군가의 손을 잡고 있었다. 그 아이의 형과 아버지였다. 그 옆에 엄마도 보였다. 온가족이 함께 봄날의 늦은 저녁 시간 시골집으로 가고 있었다. 그 아이의 아버지가 바로 내 기억 속에 이팝꽃처럼 환했던 예전의 그 아이였던 것이다.

"아, 너구나."

나는 먼저 어린아이에게 인사를 했다. 그리고 그 아이의 아버지에게도 인사를 했다.

"나는 너하고 우추리 온 산과 온 들을 누볐던 검은눈의 소야."

그러나 내 인사는 너무 멀이 땅까지 전해지지 못했다. 그 아이가 할아버지 할머니가 계시는 시골집에 다니러 와 며칠 머물지 모르지만 5월 중순이 되면 우리가 머물고 있는 황소자리는 서쪽 하늘 너머로 사라진다. 별자리가 이동하면 더 보고 싶어도 그 아이를 더 볼 수 없게 되는 것이다.

그러나 어디에 있든 가을이 되면 다시 만날 것이다. 형제 모두 둘 다 황소자리의 아이들이었다. 커서도 대지를 사랑하며, 땅에서 자라나는 모든 것에 깊은 애정을 가질 것이다. 자유로운 영혼으로 이 다음 대지를 돌아다니는 여행을 좋아할 거고, 아마 사랑도 낭만적으로 할 것이다. 그 아이의 아버지 형제도 그렇게 자랐다.

그리고 그 아이들이 그렇듯 우리 소들도 저 땅 위에 푸른 나무처럼 대지를 딛고 자라는 대지의 아들딸이다. 저 옛날 초원에서도 우리의 영혼은 푸르고 자유로웠지만, 그리 오래지 않은 시절 우추리에서도 우리는 대대로 보습을 이어받아 대지를 갈아 일으켜 세우고, 인간세계를 진동시켜왔던 것이다.

노름빚에 팔려온
송아지

흰별소와 우추리 차무집의 인연을 이야기하자면 아무래도 흰별소 어미에 대한 얘기부터 해야 할 것 같다. 흰별소의 후손들은 흰별소를 우추리 차무집의 첫 소로 받들며 마치 그 소가 빈 외양간에 저절로 걸어 들어오거나 어미도 없이 하늘에서 뚝 떨어진 소인 것처럼 여기는데, 이 세상에 그런 소는 없다.

예전 차무집 큰 어른도 흰별소와 함께 논밭을 갈며 우리 집 첫 소는 흰별이라고 늘 말했지만, 차무집 외양간에 처음 자리를 잡은 건 흰별소가 아니라 그의 어미 그릿소였다.

그릿소란 소가 귀하여 한 집안의 으뜸 재물로 여기던 시절, 돈이 없어 소를 키우지 못하는 사람이 남의 소를 자기 소처럼 키우던 방식이었다. 동네 부잣집이 어린 암송아지를 사서 소가 없는 집에 맡기고, 그것을 이태쯤 키워 새끼를 낳으면 새끼는 이쪽 집에서 갖고 어미소는 주인한테 돌려주는 것이다. 그릇소가 수소일 때도 기한을 정해 황소로 키워주면 주인이 큰 소를 데려가는 대신 따로 송아지를 사주었다. 암소든 수소든 주인은 어린 송아지를 맡겨 큰 소를 찾아가고, 키운 사람은 송아지 한 마리를 얻는 것이다.

흰별소의 어미가 바로 그런 그릇소로 차무집에 왔다. 그것도 태어난 지 한 달도 되지 않은 어린 송아지 때였다. 어미소 옆에서 한창 젖을 먹으며 재롱을 부릴 시기에 젖도 안 떼고 어미 곁을 떠나 그릇소로 온 것이었다.

그때의 일을 이야기하자면 이렇다.

우추리 사람들 모두 모르고 지나간 일이지만 이태 전 갑신년(1884년)에 서울에서 큰 정변이 있었다. 청국과 일본의 군사가 충돌하고, 정변은 사흘 만에 막을 내렸다. 다음 해 을유년(1885년)에 그 일로 청국과 일본이 조선 땅에서 전쟁을 시작했다는 유언비어가 팔도에 돌았다. 소문 속에 일식과 월식이 보름 사이에 있었다. 해가 먹히고 달이 먹혔으니 다들 나라가 망할 징조라고 했다. 아니나 다를까 영국의 함대가 무력으로 거문도를 점령했다.

다시 해가 바뀌어 병술년(1886년)이 되자 마을에 두 가지 일이 날아들었다.

나라에서 노비제를 완전히 폐지한다고 했다. 소문이 전해지자 우추리 참봉집의 기만아범과 어멈이 한겨울에 댓돌 아래 무릎을 꿇고 앉아 그런 결정을 한 나라를 대신하여 주인에게 죄를 청했다. 참봉집 어른이 한나절을 기다렸다가 기만아범에게 계속 행랑에 머물며 앞으로도 이 집을 위하여 몸과 마음을 다 바쳐 일하라고 말했다. 기만아범은 이미 장성한 아들이 있었지만, 아들보다 어린 사람들도 길에서 그를 만나면 모두 참봉집 쇠돌이라고 불렀다.

또 하나의 알림은 나라가 이제까지 천주교를 금지하던 것을 해제한다는 것이었다. 우추리 사람들은 예전 마을에 와 있었던 천주학자 심스테파노의 일에 대해서 얘기했다. 그는 우추리에서 태어난 사람이 아니었다. 병인교난* 때 외지에서 몸을 피해 흘러들어온 사람이었다. 어디에서 무얼 하다 여기까지 왔는지는 모르나 마을 끝 골아우에 움막을 짓고 천주학 생활을 하다가 경포(지방관아가 아니라 서울 포도청 포졸)들에게 잡혀가 죽임을 당했다.

사람들이 기억하는 그날의 일은 이랬다.

사람들은 그걸 지방관아에 맡기지 않고 서울 포도청에서 대관령 너머로 직접 뜬 것만 봐도 천주학을 믿는 것이 얼마나 중대죄인 줄 알겠다고 말했다. 그때 심스테파노의 나이 스물아홉 살이었다.

우추리 사람들은 그가 자신들과는 섬김이 다른 천주학자라는 것은 알았으나 천주학자들은 따로 '스테파노'니 '바오로'니 하는 쉽

---

* 1866년(고종 3년)에 시작되어 1873년 대원군이 실각할 때까지 계속되었던 천주교 박해. 프랑스 선교사 9명을 비롯, 8천여 명의 교도가 학살당했다.

게 알아들을 수 없는 또 하나의 이름을 갖는다는 것을 몰랐다. 그래서 그는 잡혀갈 때에도 골아우 심서방이라고 불렀다. 나중에 들려온 얘기로 심스테파노는 강릉은 물론 대관령 동쪽 지역의 유일한 치명자(순교자)라고 했다.

그러나 먹고사는 일이 힘들고 바빠 두 가지 일 다 우추리에서는 큰 사건이 되지 못했다.

작은 마을 우추리에서 우추리다운 사건이 일어난 것은 그해 정초 농한기 때의 일이었다. 그것은 나중에 우추리 사람들이 입에서 입으로 전하는 대로 마당에 놓아기르던 닭 네 마리가 물감나무집 기둥을 쪼아 쓰러뜨린 일이었다.

정초 마을에 큰 노름이 섰다. 당대 그런 일이 없을 것 같은 성실한 농군이 한순간의 실수로 그간 힘들게 이뤄놓은 살림을 다 까올리기도 하는 게 바로 한겨울 농한기 때의 일이었다. 보통 음력설에서 보름까지는 크게 일도 없는데다 명절 기분까지 겹치니 뒤숭숭한 세월 속에서도 마음이 엿가락처럼 풀어지곤 했다. 농촌에 외지의 노름꾼이 끼어들고 노름판이 벌어지는 것도 바로 이때였다.

다들 풀어지는 마음을 경계하느라 일부러라도 일을 만들어 겨우내 장작을 패고, 일 년 동안 쓸 새끼를 꼬고, 자리를 짜고, 가마니를 치고, 멍석도 매고 하지만, 매년 같은 마음을 갖기가 쉬운 일은 아니었다. 처음엔 노름인지 아닌지도 모르게 장난으로 시작해 불이 붙으면 눈이 뒤집혀 거기에 집을 걸고 논밭을 걸었다.

그해 설 명절 끝에 제법 큰 눈이 내렸다. 넉가래를 들고 마을길의 눈을 치러 나왔다가 몇 사람이 물감나무집 사랑에 들었다. 손이나 녹이고 담배나 한 대 태우고 가자고 남의 사랑에 모였다. 별일이 아닌 듯해도 마음이 해이해진다는 게 그런 것이었다. 마당엔 눈이 희끗하게 깔려 있었고, 놓아기르는 닭들이 사랑 쪽 봉당에 모여 구구거렸다.

"저것들이 아주 추렴을 하라고 비는구만."

누군가 농담처럼 던진 말이지만 그 정도야 뜻만 맞으면 얼마든지 가능한 일이었다. 주인도 값만 맞으면 닭을 내놓는 게 어려운 일이 아니었다. 계란이야 다음 닭이 또 낳으면 되었다.

부엌에서 물을 데워 닭의 털을 뽑고 그것을 끓이는 동안 사랑에서는 자그락자그락 골패를 만지는 소리가 들렸다. 거기에 닭국이 끓을 때쯤 참봉집에 세배를 온 일가붙이가 건너오고, 이게 하룻밤을 넘기며 나머지 닭들도 차례로 솥으로 들어갈 때 어디서 소문을 듣고 왔는지 외지의 노름꾼까지 끼어들면서 본격적으로 투전판이 벌어진 것이었다.

시작이야 닭추렴이었지만, 나중에 없어진 것은 닭만이 아니었다. 물감나무집 외양간의 소와 그간 힘들게 장만한 논밭까지 버선 털리듯 탈탈 털렸다. 외지에서 짝을 지어 들어온 노름꾼은 돈만 쓸어 새벽에 튀어버리고, 선이자를 높이 쳐서 노름판의 뒷돈을 댔던 인근 사람들이 물감나무집의 소며 집이며 논밭을 갈라 맡았다. 노름을 하는 중에 그때그때 문서와 물건을 내놓고 돈을 빌리다 보니 어미 소와 젖먹이 송아지까지 임자가 나뉘어졌다.

노름이 끝나고 빚잔치를 할 때 어미소를 끌고 가는 사람에게 송아지를 맡은 사람이 그것도 한몫에 데려가라고 했다. 노름판 뒷전에 앉아 구경을 하다가 송아지를 맡기는 했지만, 낳은 지 한 달도 되지 않은 어린 송아지를 어미한테서 떼어놓으면 잘못되기 쉬웠다. 그러자 그걸 누구보다 잘 아는 어미소 임자가 심술을 부리듯 어디 그 송아지 이 소 젖 안 먹이고 키울 수 있으면 키워봐라, 하고는 송아지 값을 노름 뒷돈으로 잡았던 값보다 낮게 후려쳤다.

"에이 사람아. 그러면 그게 개 값이지 송아지 값인가?"

"그러면 어디 그 송아지 어미 없이 잘 키워보더라구. 몇 달 콩죽을 갈아 먹이든 암죽을 쑤어 먹이든."

지난여름 한동네에서 물싸움을 한 사이였다. 그때 이미 틀어진 데다 소값 얘기로 감정만 더 상해 어미소는 어미소대로 송아지는 송아지대로 임자가 완전히 갈리게 되었다. 그렇다고 큰 소가 두 마리나 있는 외양간에 다른 외양간에서 낳은 젖먹이 송아지를 갖다 놓을 수도 없는 일이었다. 다른 어미소의 빈젖에 매달리다 뒷발에 차여 죽기 십상이었다.

그때 누군가 지난해 장가를 들어 새로 살림을 난 차무집 신랑 얘기를 했다.

"거기에 맡기지. 그 집 외양간이 비었어."

한 달도 안 된 애송아지라 콩 한 섬이 얹어지고, 젖을 뗄 때까지
는 잘못돼도 서로 책임을 묻지 않는다는 조건을 달고서였다. 콩 한
섬은 아직 젖을 먹여야 하는데 젖을 먹일 어미소가 없으니 콩국물
을 내어 먹이기 위해서였다.

어미소와 송아지는 아무것도 모르고 있다가 난리를 겪었다. 심술
사나운 어미소 임자가 젖도 떼지 않은 새끼를 강제로 떼어놓고 어
미소를 먼저 자기 집 외양간으로 끌고 갔다. 끌려가면서 어미가 울
고 남아서 새끼가 울고, 온 동네가 소 울음바다가 되었다.

혼자 울다가 지칠 대로 지쳐 있는 송아지를 새 임자와 차무집
신낭이 데리러 갔다. 그때까지 송아지는 어두컴컴한 외양간에 가
두어져 있었다. 굴레를 만들 사이도 없이 새끼를 여러 겹 둘러 목
을 묶고 절반은 안고, 절반은 끌고 집으로 데리고 왔다. 다시 온
동네가 떠나도록 어미소가 새끼소를 부르고 새끼소가 어미소를
불렀다.

"여보게, 자네가 큰 소를 맡은 김에 송아지도 맡게. 암만 짐승이
라지만 저 소리 불쌍해서 못 듣겠네."

동네 사람들이 다시 어미소의 임자에게 말했다.

"지가 얼마에 맡았든 내가 부른 값에 넘기면 맡지."

"에이 사람아. 암만 그래도 송아지 값이라는 게 있지."

"고집 쓰다가 편육 만드는 것보다는 낫지 뭘 그래."

어미소 임자는 어디 끝까지 골탕을 먹어봐라, 하는 심산이었다. 송아지는 길에서 울고, 어미소는 갇힌 외양간에서 울고, 해는 서산으로 넘어가고 있었다.

그게 노비의 세습제를 폐지하고, 천주교를 금지하던 것을 나라가 공식으로 해제하고, 어느 러시아인이 서울 양화진에 처음 성냥공장을 세웠다는 병술년 겨울 어느 날 우추리 저녁답의 풍경이었다.

당장 젖을 먹어야 하는 애송아지가 어미와 헤어져 기진맥진 울면서 아직 매서운 날씨에 눈물과 콧물이 범벅이 된 채 마당으로 들어섰다. 봉당에서 기다리고 있던 차무집 새댁이 밖에서 놀다가 울며 들어오는 아이를 맞이하듯 송아지를 끌어안았다.

"네가 왔구나. 네가 울면서 우리 집에 왔구나."

새댁은 치마를 걷어 송아지의 눈물을 닦아주고 우무처럼 입가로 끈적이며 흐르는 콧물을 닦아주었다. 그때 새댁은 아이를 배어 이제 막 배가 불러오기 시작했다.

"가만히 있어봐."

치마로 닦아주다가 잘 안 닦이는지 새댁은 부엌으로 가서 행주를 가져왔다. 솥 위에 올려놓아 따뜻하게 데워진 행주로 다시 코를 풀게 하듯 송아지의 코언저리와 입가, 눈가를 싹싹 닦아주었다.

소들도 누가 나를 귀하게 여기는지, 누가 나를 애틋하게 여기는

지 아무리 어릴 때라도 알 것은 다 알았다. 방 안의 수건은 식구들 얼굴을 돌아가며 닦는 것이지만 부엌의 행주는 식구들의 밥솥과 밥그릇을 닦는 것인데, 그래서 수건보다도 용도가 더 중한 것인데 그걸로 코를 닦아주고 입을 닦아주고 눈물을 닦아주는데 그 마음을 어린 송아지인들 왜 모르겠는가.

마당에 선 채로 세수시키듯 얼굴을 말끔히 닦아주고 나서 새댁은 송아지를 외양간과 붙은 부엌으로 데리고 갔다. 따뜻한 아궁이 앞에서 미리 물에 불려두었다가 맷돌에 막 갈아 만든 콩즙을 입에 떠 넣어줄 때 송아지는 자기도 모르게 주르르 눈물이 흘렀다.

방금 전 마당에 들어올 때까지만 해도 먼 데서 어미가 자기를 부르는 소리가 계속 들리는 것 같아 가슴이 찢어질 것 같았는데, 따뜻한 불 앞에서 콩즙을 받아먹으면서 어린 마음에도 송아지는 이제 나는 어미젖 대신 이 콩즙을 먹으면서 이곳에서 어떻게든 내 목숨을 잘 지켜내야겠구나, 하는 생각이 들었다.

이태 반이 지나 어미소가 되어 새끼를 낳은 다음 주인집으로 돌아갈 때에도 그릿소는 새끼 송아지에게 차무집 마당으로 처음 들어설 때의 일을 가장 잊을 수 없다고 말했다. 행주로 송아지 코와 입을 닦아주었던 일만 가지고 하는 얘기는 아닐 것이다. 차무집 안주인이 마당에 들어선 송아지를 치마폭에 감싸 눈물과 콧물과 입을 닦아준 건 아마도 그 이상이었을 것이다. 그릿소도 그렇게 말했고, 흰별도 그렇게 들었다.

그건 소가 사람처럼 대접받던 시절의 일이 아니라 나무가 나무로 대접받고 소가 소로 대접받던, 지금으로부터 두 갑자 전 갑신·을유·병술 연간의 일이었다.

흰별소가
오던 날

　태어난 지 한 달도 안 된 애송아지가 그릿소로 자라서 새끼를 밴 것이 정해년(1887년) 가을의 일이었다. 소는 태어나 돌이 되면 짝을 찾는 암내를 냈다. 어릴 때 젖 대신 콩죽을 먹고 자란 그릿소도 한 살이 지나 두습*이 되면서 암내를 냈다.

　"그래, 탈 없이 잘 자랐구나. 이렇게 생**을 다 낼 줄도 알고."

　신랑은 그릿소의 등을 두드려주며 흐뭇하게 웃었다. 그러나 집에서 기르던 소가 암내를 낸다고 바로 짝을 짓게 해주는 건 아니었다. 골격이 더 자라도록 적어도 열대여섯 달은 되어야 새끼를 배게 했다. 한두 달을 더 먹여 그릿소가 완전히 어른 소가 된 다음 신랑은

* 소나 말의 나이에서 두 살을 이름
** 암내

마을의 씨소를 키우는 집으로 데리고 갔다.

　마을에 여러 마리의 황소가 있긴 하지만, 그런 집들도 자기 집 암소가 암내를 내면 자기 집 소를 마다하고 씨소를 키우는 집으로 데리고 갔다. 우추리뿐 아니라 인근에 이삼백여 호 되는 동네마다 마을에서 공동으로 키우는 건 아니지만, 공동으로 인정하는 씨소가 있었다. 씨소는 다른 황소들보다 우선 골격이 크고 우람했다. 어깨와 엉덩이가 딱 벌어지듯 넓고 등이 곧고 길어 첫눈에 씨소임을 짐작케 했다.

　우추리의 씨소를 키우는 집은 심스테파노가 천주학 생활을 하다가 붙잡혀 갔다는 골아우 아랫동네에 있었다. 차무집이 있는 우랫말에서 산 하나를 넘는 동네였다. 골아우는 골이 깊고 산에 수풀이 많이 우거져 우랫말 쪽에 소를 키우는 집 아이들이 소를 끌고 가 풀어놓는 곳이었다.

　"이 소가 어제부터 생을 내서요."

　신랑은 씨소 주인에게 말했다.

　"자네 소인가?"

　"아니우. 이건 당두집으로 돌려보낼 소고, 송아지가 지 차례인 기요."

　"옳아. 이제 보니 상년***에 물감나무집에서 건너간 소로군. 잘

*** 작년

키웠네. 그땐 다들 편육이 되느니 마느니 하던 송아지였는데, 첫 생인가?"

"아니우. 생은 진즉에 냈는데, 몇 달을 더 기다려서 데리고 온 기요."

"그것도 잘했네. 젊은 사람이 조바심 안 내고. 원래 좋은 어미한 테서 좋은 새끼가 나오는 법이라네. 사람이나 짐승이나 다를 게 뭐가 있겠는가? 앞에서 고삐를 잘 붙잡게."

씨소 주인은 신랑이 끌고 간 그릿소에게 씨소를 붙여주었다. 그릿소는 암내를 내면서도 처음엔 씨소의 덩치에 놀라 몇 번 몸을 피하더니 이내 다소곳하게 자세를 잡고 자기 몸 안으로 씨소의 몸을 받아들였다.

신랑도 예전엔 그런 모습을 보면 민망하여 저도 모르게 눈을 돌리곤 했는데, 이번엔 그릿소의 고삐를 잡고 그 과정을 찬찬히 살펴보았다. 그러면서 한데 엉겨 붙은 두 마리의 소에 몸을 가리고 씨소 주인 모르게 혼자 빙긋 웃음을 지었다. 누가 보았다면 꼭 개구쟁이라 할 법한 모습이었다.

"아마 잘되었을 게야. 그래도 모르니 한 달 안에 다시 생을 내거든 또 데려오게. 그때는 그냥 둥구어줄* 테니까."

씨소 주인은 신랑이 가져간 콩 한 말과 피나무 껍질로 만든 세

* 교미시켜주다

026

발 길이의 밧줄을 받으며 말했다. 그것이 씨소를 암소와 둥구어주는 값이었다. 콩을 주는 건 한 번 둥구어줄 때마다 그만큼 황소의 살이 내려서였고, 밧줄을 주는 건 혼인에서 사람끼리의 인연을 중시하듯 소들끼리의 인연을 중시해서였다. 그러니까 튼튼한 밧줄의 인연으로 새끼를 잘 배라는 뜻이었다.

그날 밤 잠자리에 누워 신랑이 새댁에게 물었다.
"우리 자두 돌이 지난 지 얼마나 됐지?"
"애 돌은 갑자기요? 자두 돌이야 자두가 한창일 때니 이제 석 달이 지났나, 넉 달이 지났나."
"그럼 우리도 자두 동생 가질 때가 지난 게 아닌가?"
낮에 씨소 집에서 그릿소를 둥굴 때 혼자 빙긋이 웃었던 것도 바로 그래서였다. 집에 돌아가면 아내에게 우리도 얼른 아이를 하나 더 보자고 말할 생각이었다. 예전부터 어른들이 말했다. 사람과 소의 수태기간이 어느 것이 더 빠르고 늦고도 없이 비슷하다고 했다. 소와 사람에 따라 차이가 나는 것이 아니라 사람과 사람의 차이에 따라, 또 소와 소의 차이에 따라 며칠 빠를 수도 있고 늦을 수도 있다고 했다.
신랑은 아내의 몸을 안다가 씨소 집에서 혼자 몰래 발칙한 생각을 했던 것을 떠올리며 다시 입가에 빙그레 웃음을 흘렸다.
"왜 웃소?"

"그럴 일이 있다네. 오늘 씨소 집에 갔다가."

"거기서 뭐 좋은 거라도 보고 온 기요. 사람 안고 실실거리는 게."

"그래, 좋은 걸 보고 왔지. 이왕 보고 배운 김에 골아우 씨소하고 누가 더 기운이 셀지 내기까지 미리 걸고 왔다네."

"소하고요? 그러면 사람이 지지 않나?"

"아니지. 오늘 내가 당신을 안은 다음 내년에 당신이 해산을 더 빨리하면 내가 더 기운이 센 거고, 외양간의 그릿소가 더 빨리하면 그놈이 더 기운이 센 거고."

"아니, 이이가 정말 짓궂게, 소하고 나를……."

신랑의 몸을 떠밀며 아내도 풋, 하고 웃음을 터뜨렸다.

그리고 열 달이 흘러 아랫마을에 사는 새댁의 친정어머니가 어제 저녁답에 잘 자른 삼신바가지 두 개에 쌀과 미역과 무명실과 고추를 담아 딸네 집으로 왔다.

딸이 몸을 풀기 전 친정어머니는 그걸로 삼신상부터 차렸다. 딸이 해산을 하는 안방 시렁에 바가지 하나엔 쌀과 미역과 실과 고추를 담고, 또 한쪽 바가지엔 첫새벽에 아무도 몰래 우물에 나가 퍼온 정화수를 담아 올리고 빌었다.

"이 댁에 오신 명감하신 삼신할마니

어화간간 굽어살피시우야.

앉아서 삼천리 서서 구만리 은하수야 직녀성아

금을 준들 옥동자를 바라며 옥을 준들 귀한 자손 얻을손가.

명감하신 삼신할마님께 이 늙은 할미 이렇게 빌고 비오니

만첩산중 옥포동아 수자동아 금자동아 은자동아

부디부디 병 없고 탈 없이 긴 명 서리서리 서려서

귀에는 총기 불어주시고 눈에는 열기 열어주시어

이 댁에 귀한 언나 내려주시우야."

친정어머니의 비원대로 새댁은 아침에 햇살이 고루 퍼진 다음 몸을 풀었다. 먼저 몸을 풀었던 경험이 있어 처음만큼 힘들지는 않았다. 건강한 사내아이였다. 새댁의 친정어머니는 시렁 삼신상에 놓았던 쌀과 미역을 내려 첫국밥을 지어 딸에게 먹였다. 그리고 빈 바가지에 다시 미역국과 밥을 담아 올리고 빌었다.

"명감하신 삼신할마님

할마님이 내려주신 우리 수자동이 금자동이

젖 잘 먹고 잘 놀고 잘 자고

할마님께서 주신 긴 명은 잘 서려 담고

짧은 명은 하늘의 것까지 이어 대서 길게 하시고

오뉴월 장마에 냇가에 물이 불듯이

자고 일어나면 초생달에 살이 오르듯이
앞산에 오리낭구 십 리 절반 자라듯이
무병무탈 그저 무럭무럭 자라게 해주시우야."

그러는 동안 부엌과 붙은 외양간의 그릿소도 출산준비를 했다.
사람만 출산 진통을 겪는 게 아니었다. 사람은 어디가 어떻게 아프
다고 소리치고 하소연이라도 하지 소는 너무 아파 참을 수 없을 때
만 흐헝, 흐헝 하는 것도 아니고 움머, 하는 것도 아니게 몇 번 힘든
울음소리를 뱉을 뿐이었다.

"이 소는 첫배지?"

부엌에 나와 미역국을 끓이고 밥을 지으며 딸의 해산 수발을 하
는 새댁의 어머니가 물었다.

"예. 소도 처음이고 저도 처음이라 불안하네요."

신랑이 말했다. 그렇다고 그릿소의 주인을 부르거나 소의 출산을
도와본 다른 사람을 부를 수도 없는 일이었다. 이제 막 아기가 태어
난 집이니 식구 아닌 사람은 출입하면 안 되었다. 아침에 아내가 몸
을 푼 다음 신랑은 왼새끼를 꼬아 새끼 사이사이에 고추와 창호지
를 끼워 사립문에 금줄을 쳐놓았다.

"이 사람아, 너무 걱정 말게. 사람에게 삼신이 있듯 소도 따로 삼
신이 있다네. 소삼신께서 다 살펴봐주실 테니 자네도 소가 언제 어
떤 기척을 하나 옆에서 잘 지켜보게."

새댁의 어머니는 이 집 부엌 바가지에 밥 한 그릇 구정물 한 그
릇을 떠서 구유에 올려놓고 빌었다. 소삼신에게는 정화수보다 그게
진수성찬이었다.

"이 댁에 오는 수자동이 금자동이 해산 거드느라
이 늙은이가 여기 외양간의 생구* 삼신님을
미처 살피지 못했구랴.
어질고 영험하신 생구삼신께서는
이 늙은이 정성 소찬이라도 대례로 받으시고
저기 누워 있는 저 미물 애 많이 쓰지 않고도
다른 소들 사흘갈이 할 전답 하루갈이로 끝낼
사대 튼튼한 견우 송아지 순산토록 보살펴주시우야."

새댁 어머니의 비손 속에 그릿소는 아까부터 외양간 바닥에 비
스듬히 누워 애를 쓰고 있었다. 신랑은 외양간 바닥에 짚을 더욱
푹신하게 깔았다. 소는 앉았다가 힘들면 일어서고, 일어서 있는 게
힘들면 다시 몸을 비스듬히 하고 앉았다. 젖도 많이 불었고, 사타구
니 언저리도 적잖이 부어올라 있었다.
그러다 점심참이 지난 다음 첫 탯물이 터져 나왔다. 그릿소가 다

* 소를 식구처럼 여겨 가리키는 말

시 자리에서 일어섰다. 구유에는 여물이 넘치도록 담겨 있고, 바가지에 삼신판*까지 차려져 있지만 그런 것은 안중에도 없었다. 그릿소는 으헝, 하고 신음소리 같은 울음을 뱉었다.

'내가 실수를 한 게야. 안방과 외양간이 하필이면 한날에 출산하도록 하는 게 아닌데, 그날 내가 씨소를 보고 엉뚱한 생각을 했던 게야.'

신랑도 지난해 늦가을 일을 떠올리며 속으로 마음이 탔다.

이윽고 그릿소 몸 바깥으로 송아지 발굽이 보였다.

"나오네요. 그런데 이거 머리부터 나와야 하는 게 아닌가요?"

"머리부터 먼저 나오자 해도 소는 앞발부터 내밀어야 머리가 나오지. 잘 지켜보게. 두 발이 가지런히 나오는가?"

부엌에서 새댁의 어머니가 물었다.

"아뇨. 우선은 발 하나만 보이는데요. 그런데 이게 뒷발이면 어떻게 하쥬?"

신랑은 겁이 더럭 났다. 그러기에 그릿소를 씨소에게 데려가던 날, 씨소와 엉뚱한 내기를 하는 게 아닌데 그랬다는 생각만 자꾸 머릿속에 어떤 불길한 기운처럼 드는 것이었다. 아내의 출산과 겹치지 않았다면 마을에 송아지를 여러 번 받아본 사람을 부를 수도 있었다.

* 아기를 낳은 뒤 삼신에게 올리는 상

"여보게, 바깥으로 나온 발굽의 발바닥이 아래쪽으로 있는가, 위쪽으로 있는가?"

"아래쪽인데요."

"됐네, 그럼. 바로 나오는 거니까 걱정하지 말게. 먼저 나온 발바닥이 아래쪽이면 앞발이고, 위쪽이면 뒷발이니까."

"장모님은 어떻게 그런 걸 다 아신대요?"

"이 사람아. 사람 해산 수발이야 남녀가 따로 있지만, 소든 돼지든 짐승 수발에 안팎이 어디 있는가? 지금이야 이 집 자손 받아낸 손이라 거기에 함부로 내밀어 섞지 못하고 멀찍이 바라만 보고 있는 거지. 자네는 어여 내가 이르는 대로만 하게."

그래도 그런 새댁 어머니의 말이 신랑에게는 든든한 힘이 되었다. 그릿소는 몸 뒤에 송아지의 앞발 하나만 내밀어놓고 앉았다 일어섰다를 반복했다. 스스로 힘든 것을 참는 것도 있겠지만, 신랑이 보기에 그런 동작으로 뱃속의 송아지가 몸 밖으로 나오는 걸 돕는 것 같기도 했다. 아침에 아내가 아이를 낳는 시간에도 그랬지만 소가 새끼를 낳는 시간에도 절로 입술이 말랐다.

다시 한 식경쯤 시간이 흘러서야 앞발굽 두 개가 가지런히 나오고 송아지의 코가 보이고 머리가 나오기 시작했다. 소는 여전히 앉았다 일어섰다를 반복하며 송아지의 몸을 밖으로 밀어내려고 애썼다. 좀 더 기운을 쓰면 바로 금방 낳을 것도 같은데 초산이라 그런지 그릿소도 힘을 쓰다가 중간에 자꾸 맥을 놓았다.

이윽고 송아지의 몸통이 절반쯤 나오고 뒷다리의 허벅지 부분이 보이기 시작할 때 비스듬히 누웠던 소가 다시 자리에서 일어섰다.

"거기에 손을 받치고 섰게."

부엌에서 새댁의 어머니가 일러주었다. 신랑은 얼른 송아지가 나오는 그릇소 꽁무니에 두 팔을 내밀어 받쳤다. 잘못하면 송아지가 어미의 자궁 높이에서 고개가 꺾인 채 땅바닥으로 바로 뚝 떨어질 수도 있었다. 송아지는 신랑의 두 팔에 안기듯 떨어졌다. 탯줄은 어미 배 속에서 바깥으로 나오며 저절로 끊겼다.

신랑은 두 팔로 받쳐든 송아지를 미리 푹신하게 깔아놓은 짚 위에 내려놓았다. 그런데 송아지가 눈은 동그랗게 뜨고 자기를 안고 있는 신랑을 쳐다보면서도 숨을 쉬지 않는 것이었다. 신랑은 이미 진작부터 정신이 하나도 없었다.

"어, 이게 숨을 안 쉬어요."

"놀라지 말게. 탯물이 들어가서 그러니 콧구멍을 훑어주게. 입도 벌려주고."

신랑은 새댁의 어머니가 시키는 대로 얼른 송아지 콧구멍에 손가락을 넣었다. 묽게 쑤어놓은 풀처럼 끈적한 물이 손바닥 가득 코에서 흘러나오며 비로소 송아지가 음메, 하고 첫울음을 터뜨렸다. 입에서도 풀 같은 물이 계속 흘러나왔다.

어미소가 송아지 쪽으로 고개를 돌려 송아지의 미끌미끌한 몸을 구석구석 핥아주기 시작했다. 탯줄은 송아지 배에서 반 뼘쯤 길이를 남기고 끊겨 있었고, 거기에 붉은 피 몇 방울이 탯줄 끝으로 흘러 모였다.

"이제 거기 짚으로 소 발굽을 잘 닦아주게. 발굽 옆에 쓸데없이 붙어 있는 군살 찌꺼기도 한 꺼풀 싹싹 문질러 벗겨내고."

"발굽은 왜요?"

"그래야 소가 나중에도 발굽이 넓어져 걸음도 제대로 걷고 기운도 제대로 쓰는 법이라네."

신랑은 새댁의 어머니가 그런 것까지 알고 있는 게 그저 존경스럽기만 해 시키는 대로 송아지의 발굽을 정리해주었다. 외양간에서 소를 받고 나서 제일 먼저 해주는 일이 발굽을 까주는 것이라는 말을 어릴 때 할아버지에게 어렴풋이 들었던 것 같기도 했다.

어미소의 입김을 받자 송아지는 자리에서 일어나려고 애를 썼다. 어미소는 송아지를 핥고 또 핥았다. 그냥 새끼가 이뻐서만 핥는 게 아니라 아까 새댁의 어머니가 삼신할머니한테 비손할 때처럼 이제 막 태어난 새끼를 위해 무언가 중얼중얼 주문을 외듯, 어루만지며 기도하듯 핥는 것이었다. 그러자 미끌거리던 몸이 조금씩 말라가며 송아지가 비틀비틀 자리에서 일어섰다. 처음엔 용수철로 만든 목마처럼 네 다리를 후들후들 떨다가 가까스로 균형을 잡았다.

어미 배 속에 같이 열 달을 있어도 사람은 태어나 돌이 가까워야 땅을 딛고 일어서지만 송아지는 어미가 혀로 핥아 털을 말리는 동안 자리에서 일어나야 했다. 더 빠르게 일어서는 송아지도 있고, 조금 늦게 일어서는 송아지도 있지만, 아무리 늦어도 하루 안에는 자기 몸을 추스르고 일어나야 어미젖을 물 수 있었다.

그러나 젖을 물기 위해서만 그러는 게 아니었다. 지금은 집소로 생활하여도 애초의 태생은 야생의 들소였다. 아직 땅 위에 인간이 출현하지 않은 그 시절, 그들의 상대는 지금 사자보다 훨씬 덩치가 큰 동굴사자와 호랑이와 무리를 지은 늑대들이었다. 막 태어나 땅 위에 금방 던져진 몸이라 하더라도 한자리에 오래 머뭇거릴 시간이 없었다. 비틀거리고 후들거리면서라도 일어서야 하고, 또 그들이 쫓아오면 바로 쫓기며 달려야 했다.

이마에 별이 박힌 송아지였다.

몸의 물기가 마르자 별의 윤곽이 보다 선명하게 드러났다.

"별박이네요. 암송아지구요."

그제야 신랑이 긴 한숨을 내쉬며 신기한 듯 말했다.

"별박이라?"

"예."

"그럼 이 집 외양간에 귀한 소가 온 거네. 나중에라도 오늘 자네가 제 몸을 받아준 은공을 알고 여기 외양간이 가득 차서 다시 짓도록 새끼를 채울 게야. 이제 밖으로 나와서 왼새끼 한 번 더 꼬아서 외양간 문 앞에도 금줄을 치게. 암송아지를 낳았으니 창호지 하고 솔가지를 끼워서."

다시 새댁의 어머니가 위로하듯 덕담을 건넸다.

송아지는 어미소가 입과 몸짓으로 이끄는 대로 어미의 사타구니 쪽으로 고개를 디밀어 젖을 찾았다. 송아지가 물기 좋게 젖꼭지 네 개가 길쭉하게 아래로 뻗어 있었다. 그걸 어떻게 알고 찾아 무는지 바라보는 신랑으로서는 그저 신기할 뿐이었다. 송아지는 힘차게 어미젖을 빨았다.

"아이구, 고맙게도 생구삼신이 제대로 이끌어주시는구만."

송아지가 기진하여 미처 물지 않거나 어미소가 출산을 너무 고통스럽게 해 송아지가 다가오는 것도 귀찮아 하면 사람의 힘으로 억지로라도 물게 해야 하는 것이 바로 초유였다. 초유는 빨리 먹으면 빨리 먹을수록 좋았다. 송아지가 제대로 젖을 빨지 못하면 산 너머 마을의 무당까지는 부르지 않더라도 새댁의 어머니가 또 한 번 구유 위에 새 밥과 새 구정물을 떠놓고, 더듬더듬 우마경이라도 외는 흉내를 냈을 것이다. 사람 젖은 동냥하여 먹일 수 있어도 소젖은 꼭 생구삼신이 점지해준 제 어미의 젖이어야 했다.

어미 몸 안에서 새끼를 감싸고 있던 태반은 한참이나 지나서야 나왔다. 담으면 삼신바가지 하나 가득 될 양이었다. 어미소는 제 몸에서 나온 태반을 긴 혀를 내밀어 도로 입속으로 삼켰다.

"저거 먹어도 괜찮은가요?

신랑은 걱정스러운 얼굴로 물었다.

"괜찮다네. 집을 비워 사람이 미처 보지 않을 때 송아지를 낳으면 어미소가 저거부터 먹어치운다네."

　아마도 그래서 사람들은 그것이 다시 어미소의 배 속으로 들어가야 다음 새끼를 낳는다고 여기는지도 몰랐다. 걱정스러운 얼굴로 바라보긴 했지만 신랑도 어린 시절부터 그렇게 들었다. 송아지가 태어나자마자 달릴 수 있어야 하는 것처럼 어미소가 태반을 먹는 것도 그랬다. 자기 배 속에서 열 달 간 새끼를 감쌌던 태반을 누가 볼세라 얼른 먹어치우는 것 역시 야생의 시절 맹수에게 쫓기며 살아야 하는 초식동물로서의 슬픈 운명 때문이었다.

　출산 순간부터 이리 같은 천적들은 송아지의 몸을 노리고, 어미소는 새끼와 함께 몸 밖으로 나온 태반을 억지로 삼켜서라도 출산의 흔적을 없애야 했다. 그것은 오랜 세월 인간에게 길들여지고 인간과 함께 생활해온 소들의 자궁이 여전히 간직하고 있는 야생의 본능이었다.

　때로 그걸 삼키고 식체를 일으키기도 했다. 그럼에도 내 몸보다 소중한 새끼의 목숨을 지키기 위해 어미소로서 반드시 먹어야 하는 게, 먹어서 말끔히 흔적을 없애야 하는 게 바로 그것이었다. 그것을 후대의 어느 몹쓸 목축업자가 소의 먹이에 소뼈와 소머리를 바수어 섞은 일과 비슷하게 여기거나, 그렇게 한 짓에 대해 면죄부와도 같은 근거로 여긴다면 그거야말로 인간들 스스로 자기 어미가 가지고 있는 자궁 안의 모성을 모독하는 일이었다.

어쨌거나 흰별이 이마에 별을 이고 온 그해 가을, 송아지의 눈에 세상의 빛은 참으로 아름다웠다. 흰별은 자기 몸을 안아 받은 차무집 주인과 처음 눈을 맞추었고, 앞으로 오래 함께할 친구와 같은 그 집 아들과 똑같은 날 서로 다른 삼신의 안내로 같은 집에 왔다.

소를 한 식구로 여겨 생구라고 부르는 차무집 주인과 새댁의 어머니도 흰별의 어미 그릿소가 태반을 삼키는 것은 보았어도 또 하나는 보지 못했다. 그릿소는 흰별이 힘차게 초유를 먹고 난 다음 몸 밖으로 밀어낸 검은 태변도 누가 보지 못하게 얼른 입속에 감추어버렸다. 세상의 이리 떼들이 갓 낳은 송아지의 똥냄새를 맡기 전에 자식의 첫 똥을 어미가 받아먹은 것이었다. 그것 역시 사람들로서는 쉽게 이해할 수 없는 어미소들의 모성이었다.

"음……. 무우……."(너는 아무것도 걱정하지 마라.)

흰별이 처음 들은 어미소의 목소리였다.

나 태어난
이 강산에

　그릇소가 떠나는 날 아침부터 눈이 뿌렸다. 며칠 전 이미 날을 받아 정해놓은 일이라 눈 속에 소를 데리러 사람이 왔다. 그릇소는 처음부터 돌아가야 할 소였다.

　"이보시게, 여물 다 자셨는가?"

　그릇소 주인은 마치 그동안 다른 진영에 와 머물고 있는 장수를 데리러 온 영주처럼 소에게 말했다. 다른 날보다 여물 속이 풍성했다. 밀기울도 듬뿍 퍼 넣고 평소엔 사람 먹을 것도 부족해 잘 넣지 않는 콩과 옥수수도 듬뿍 넣었다. 그러나 돌아가는 날이라는 걸 분위기로 이미 알았는지 구유에 여물이 반 나마 남아 있었다.

　흰별도 함께 여물을 남겼다.

　"참 희한들 하군. 어떻게 아는지."

어쩌면 어제 흰별의 목굴레를 할 때 알았던 것인지 모른다. 넉 달이 지났고, 흰별은 완전하게 젖을 떼었다. 태어난 지 한 달도 안 돼 목굴레를 한 그릿소에게 그것은 이별의 상징과도 같은 물건이었다.

떠나며 그릿소가 흰별에게 말했다.

"이제 네가 이 집의 첫 소로 여기에서 네 일가를 번성시켜라."

"매에……."

그릿소는 눈이 살짝 덮인 마당을 한 바퀴 돌고 나서 사립문을 나섰다. 사립문을 나서서 미련처럼 뒤를 돌아보았다.

"움머어……."

"그래, 잘 가거라. 가서도 새끼 많이 낳고."

"우리 궁으리* 송아지 낳아줘서 고마워. 잘 가서 또 잘 살아야해."

차무집 주인과 새댁이 시집가는 딸에게처럼 인사했다.

그릿소 배 속에 이미 흰별의 동생이 들어 있었다.

흰별도 외양간에서 구유 너머로 세 번 길게 어머니에게 인사를 했다.

"매에……. 매에……. 매에……."

새해가 밝은 을축년(1889년) 첫 축일(丑日)**의 일이었다.

* 그릿소
** 소의 날

흰별이 코를 뚫었다. 보통 여덟 달은 자라야 코를 뚫었다. 여섯 달이면 시기적으로 조금 빠른 감이 없지 않았다. 똑같은 크기의 송아지도 코뚜레를 한 송아지와 하지 않은 송아지를 옆에 두고 보면 코뚜레를 한 송아지가 훨씬 크고 의젓해 보였다. 그래서 일찍 코를 뚫은 건 아니었다. 겨울과 봄을 지나는 동안 이제 코뚜레를 하지 않으면 안 될 만큼 흰별의 몸이 부쩍 자랐다. 뿔이 돋을 만큼 자랐는데도 코를 뚫지 않으면 사람이든 물건이든 닥치는 대로 들이받는 부사리가 되었다.

차무집 주인은 아침부터 흰별의 코에 꿸 코뚜레와 코를 뚫을 코송곳을 챙겼다. 흰별의 어미 그릿소의 코를 뚫을 때는 기별을 받은 소 주인이 자기 집 송곳을 직접 가지고 왔다.

"우리 아버지 때부터 이걸로 아마 서른 마리도 넘게 뚫었을 거야."

그렇다면 그것은 대대로 서른 마리가 넘는 소의 피가 묻은 송곳이었다. 남들 눈에는 그저 대단찮은 나무송곳으로 보일지 몰라도 아직 제 몫의 송아지 한 마리 없던 차무집 주인은 한 집안의 보물을 바라보듯 그 송곳을 바라보았다. 그릿소의 코는 그릿소 주인이 뚫었다. 그 집 소여서 그 사람이 뚫은 게 아니라 차무집 주인이 아직 한 번도 소코를 뚫어본 적이 없었기 때문이다. 다음에 우리 소는 내가 직접 뚫으리라, 하고 옆에서 자세히 지켜보았다.

흰별의 코를 뚫을 코송곳은 지난해 가을, 골아우 큰산에서 나무를 해올 때 쪽동백나무 가지 하나를 잘라 미리 만들어두었다. 나무 줄기는 먹물에 담갔다가 꺼낸 것처럼 까만색이었고, 손잡이 아래쪽에 길쭉하게 껍질을 벗겨 깎은 부분은 햇볕 아래 눈처럼 하얗게 빛났다. 끝을 뾰족하게 다듬자 웬만한 송판도 그냥 뚫을 것 같았다.

'앞으로 이걸로 백 마리도 넘는 소의 코를 뚫으리라.'

그러자면 흰별이 얼른 자라 새끼를 낳고, 흰별의 새끼들이 새끼를 낳고, 또 그 새끼들의 새끼들이 새끼를 낳고, 그 모든 소들이 또 한꺼번에 새끼를 낳아야 했다. 송곳을 깎아 들고 혼자 그런 생각을 하자 온 산에 누렇게 물든 나무들이 바람에 한 무리의 소 떼처럼 이리로 몰려왔다가 저리로 몰려가는 것처럼 보였다.

이제 그 송곳을 쓸 날이 온 것이었다.

차무집 주인은 코를 뚫는 동안 흰별이 요동치지 못하게 구유 앞으로 바짝 달아맸다. 구유엔 새댁이 전에 친정어머니가 알려준 대로 소 삼신판을 차렸다. 바가지 하나엔 흰밥을 담고 또 한 바가지엔 봄배추를 듬성듬성 썰어 넣은 구정물을 가득 담아 구유에 올려놓았다.

"우리 생구, 어른이 되는 거니까 잘 참아야 해."

새댁은 흰별의 머리를 어루만지며 격려했다. 구유 앞으로 바짝 달아매자 흰별도 겁을 먹은 모습이었다. 차무집 주인은 전에 그릿소 주인이 알려준 대로 오른손엔 나무송곳을 잡고, 왼손으로 흰별의 콧등을 어루만지듯 두드리다가 양쪽 콧구멍에 엄지손가락과 둘째 손가락을 넣어 보았다. 흰별이 놀라 고개를 흔들자 대번에 밀커덩 손이 빠졌다.

"가서 닦을 거 좀 가져와."

새댁이 부엌에 가서 행주를 가져왔다.

"이건 행주잖아."

"생구도 우리 식군데 뭐 어때요. 내가 닦아줄게요."

새댁은 예전에 흰별의 어미 그릿소가 왔을 때처럼 행주로 뽀드득 뽀드득 소리가 나게 흰별의 코언저리와 입가를 닦아주었다.

"자, 이리 오라구."

차무집 주인은 다시 흰별의 콧구멍에 엄지손가락과 둘째 손가락을 밀어 넣으며 그 부분을 단단히 움켜잡았다. 코가 붙잡힌 흰별은 뒤로 힘을 주며 빠져나가려고 했다. 차무집 주인도 두 손가락에 바짝 힘을 주며 소코를 앞으로 잡아당겼다. 처음엔 지지 않을 듯 팽팽하게 맞서다가 어느 정도 힘의 균형이 맞춰진 다음에야 흰별이 저항을 멈추었다. 손가락 끝에 힘을 주면서 자리를 더듬어 살펴보자 양쪽 콧구멍 사이에 뼈가 있는 곳과 없는 곳의 경계가 만져졌다.

"자, 자, 괜찮아. 겁낼 것 없어."

말은 흰별에게 했지만, 스스로 격려하듯 한 소리였다. 아이들 이를 뽑는 것하고 똑같아. 천천히 하면 소가 놀라 실패하니 단번에 푹 찔러야 해. 그래야 사람도 덜 힘들고 소도 덜 힘들다고 그릿소 주인이 말했다. 겨우 소코만 잡고 있는데도 이마에 땀이 배어나오는 게 느껴졌다. 송곳을 꽉 움켜잡은 손도 적당하게 젖어오는 듯했다. 흰별의 엉덩이 쪽 힘이 전해지면 차무집 주인도 소코를 잡은 손에 바짝 힘을 넣었다.

"무우……."

흰별도 잡힌 코가 아픈지 신음을 뱉었다. 새댁이 행주로 닦은 흰별의 코에서도 송알송알 땀이 배어나오고 있었다. 차무집 주인은 오른손에 잡은 코송곳 끝을 왼손 엄지 끝으로 가만히 옮겨갔다. 전에 그릇소 주인은 창호지 문구멍을 내듯 아주 쉽게 코를 뚫었다.

"얼른 해요."

새댁이 말했다. 재촉한다기보다 옆에서 지켜보는 게 더 불안하고 조마조마하다는 얘기일 것이다. 그러고 보니 차무집 주인도 어린 날 그런 마음으로 소코를 뚫는 걸 지켜본 것 같기도 했다. 그때는 우리 집에도 소가 있었을까. 아니면 다른 집 소였을까. 짧은 순간에도 차무집 주인의 머릿속에 많은 생각이 스쳐 지나갔다.

망설이지 말고 푹 찌르라니까. 누군가 그렇게 말하는 소리가 들리는 듯했다. 그릇소 주인의 목소리 같기도 하고, 먼 데서 지켜보는 아버지의 목소리 같기도 했다. 마음과 손끝에서 동시에 뭔가 미끌, 하는 것이 느껴지는 순간 그는 송곳 손잡이를 잡은 오른손에 바짝 힘을 가했다.

"무우……."

흰별이 부르르 몸을 떨었다. 송곳은 어느새 소코의 생살을 뚫고 반대편 검지 끝으로 빠져나왔다. 소코를 쥔 채 손끝으로 더듬자 뾰족한 송곳 끝부분이 잘 벼린 칼날처럼 검지 끝에 만져졌다. 힘을 가하는 순간 지레 겁을 먹었던 거지 잘못된 것은 없는 것 같았다.

"휴우……."

차무집 주인은 등에 큰 산을 얹었다가 내려놓는 것처럼 한숨을 내쉬었다.

"무우……."

주인을 따라 흰별도 더운 콧김을 뱉었다. 하얗게 깎은 쪽동백나무 송곳에 흰별의 피가 스며들었다. 그것은 마치 흰 눈 위에 떨어져 스며드는 핏방울만큼이나 선명하고 붉었다. 소코를 잡은 차무집 주인의 손끝에도 피가 묻었다. 손에 끈적한 피를 만지고 있는데도 어디선가 한 가닥 시원한 바람이 불어오는 듯했다.

이걸 뚫어 소가 아프겠구나, 하는 생각보다 내가 드디어 이것을 해냈구나, 하는 생각이 더 머릿속에 차올랐다. 손끝에 묻긴 해도 피가 많이 흐르지는 않았다. 뭉글뭉글 진한 피가 몇 점 더 나오다가 이내 멈추었다. 차무집 주인은 소코를 뚫는 것이 마치 농부로서 이제까지 해내지 못했던 성스러운 의식을 치르고 있는 것처럼 느껴져 마음까지 경건해지는 기분이었다.

"거기 코뚜레를 집어줘."

목소리에도 힘이 들어갔다. 새댁이 코뚜레를 집어주었다. 코뚜레도 송곳을 만들던 날 손가락 굵기만 한 노간주나무를 잘라 미리 만들어두었다. 그는 흰별의 코에서 살며시 송곳을 뺐다. 소코에 구멍이 뚫려 있는 게 손끝의 감각으로도 확실하게 느껴졌다. 흰별이 다시 움찔 몸을 떨었다.

"다 됐어. 조금만 참아."

차무집 주인은 맞닿은 손끝을 조정해 구멍에 코뚜레를 끼워 넣고 끝에 끈을 풀었던 부분을 다시 노끈으로 단단히 얽어매고 그것을 고삐와 연결시켰다.

"우리 생구 아프겠다."

소금 그릇을 들고 온 새댁이 마치 자기 코를 뚫은 것처럼 한 손으로 코를 가리고 얼굴을 찡그렸다.

"괜찮아, 이 사람아. 아픈 거야 잠시지. 이렇게 해야 소도 편하고 사람도 편한 거라구. 나중에 일을 배우자 해도 그렇고."

상처를 소독할 소금 한 움큼을 집어 코에 비벼주자 흰별이 따가운 듯 투레질을 했다. 미처 다 떨어지지 않은 소금은 혀끝으로 콧구멍을 핥아 털어 내거나 입속에 넣었다. 차무집 주인은 자신의 왼손 검지 끝도 무엇엔가 찔린 듯 아린 느낌이 들었다. 아까 한순간 송곳을 찔러 넣을 때 송곳 끝이 검지 끝을 스친 모양이었다. 바라보니 손끝에 작은 상처가 있었다.

그는 자신의 손에 난 상처까지 포함해 이 성스러운 의식을 누구의 도움도 없이 혼자 마쳤다는 것이 여간 뿌듯하지 않았다. 그는 아직 흰별의 피가 다 마르지 않은 나무 송곳을 무사의 단도처럼 햇볕에 비춰보았다.

'그래. 이것은 우리 차무집 주인 소의 첫 피다. 앞으로 더 열심히 일해서 더 많은 소의 피를 이 송곳에 묻히리라.'

다시 한 줄기의 바람이 얼굴로 불어오는 듯했다. 그는 칼집에 칼을 꽂아 보관하듯 처음 그것을 빼냈던 외양간 처마 밑에 다시 깊이 꽂아두었다.

"코뚜레를 하니 얼굴이 달라 보이는구만. 생구야, 너 이제 어른이 된 거다. 사람으로 말하면 비녀를 꽂은 거고 머리에 갓을 쓴 기야. 무럭무럭 자라서 새끼도 잘 낳고, 나하고 일도 잘하고 그러자."

차무집 주인은 삼신판을 치운 구유에 꼴 한 아름 집어넣어준 다음 지난번 장에서 사온 워낭을 흰별의 목 왼쪽에 달아주었다. 흰별은 조금 부어오른 코를 몇 번 움씰거리다가 꼴을 먹기 시작했다. 꼴을 먹으며 고개를 크게 주억거릴 때마다 잘랑잘랑 소리가 났다. 처음엔 흰별도 그 소리가 낯선지 잠시 동작을 멈추었다가 다시 풀에 혀를 내밀었다.

차무집 주인은 그걸 살 때에도 장판에 서른 개쯤 놓여 있는 워낭 가운데 어느 것이 가장 소리가 좋은지 그것들을 죄다 몇 번씩 흔들어보았다. 다 비슷한 듯해도 그의 귀에 흰별이 차고 있는 워낭이 가장 맑은 소리를 내는 듯했다.

풀을 먹는 동안 벌써 아픔을 잊은 듯 흰별은 계속 워낭을 울렸다.

　새댁도 그 소리가 참 맑다고 생각했다.

　그러나 세상 밖의 일들은 또 달랐다.

　흰별이 코를 뚫던 해 가을 함경감사가 원산항에서 일본 상인들
이 조선 쌀을 사서 일본으로 실어 나르는 것을 금지하는 방곡령을
내렸다. 조선 땅의 귀한 쌀이 일본으로 싼값에 팔려 나가는 것을
막기 위한 조치였다. 일본 공사가 조선 조정에 원산항에 내려진 방
곡령을 항의하며 일본 상인에게 손해배상을 요구했다.

　사람들이 함경감사의 방곡령 얘기를 듣고 다들 고개를 끄덕였다.
조선도 쌀이 부족해 굶는 사람이 천지였다. 쌀이라니. 그건 농사를
짓는 농사꾼들에게조차 너무 귀해 농사를 짓는 동안 논에서만 볼

수 있는 것이고, 그보다 양이 많은 감자든 옥수수든 하루 두 끼만이라도 끼니 걱정하지 않고 살아도 다들 격양가*를 부르고 싶은 심정이었다.

지난봄 춘궁기에도 같은 강원도 정선에서 먹을 것이 부족해 민란이 일어나 군수를 내쫓고, 쌀로 걷는 세금으로 못된 짓을 하던 사령을 잡아다가 불 속에 던졌다고 했다. 그런 소문이 들릴 때마다 사람들은 못 들을 말을 들은 것처럼 쉬쉬하면서도 뒤로는 서로 오죽하면, 이라고 말했다.

해가 바뀌어 경인년(1890년)이 되자 원산항의 방곡령이 철회되었다. 그냥 방곡령만 철회된 것이 아니라 함경감사가 조정으로부터 지방관리가 조정의 뜻과 다르게 그런 조치를 내린 것에 대해 제재를 받았다.

객주와 거간에 대한 규칙**이 제정되었으나 이것도 일본의 반대로 철폐되었다. 사람들은 세상 일이 참 어수선하여 이 나라가 누구의 나라인지, 조선의 나라인지 일본의 나라인지 알 수 없다고 말했다.

새댁이 부엌에서 일을 하는 동안 흰별은 외양간에서 혼자 워낭

* 풍년이 들어 태평한 세월을 즐기는 노래
** 상업에 대한 규칙

을 울릴 때가 많았다. 엉덩이에 붙은 파리는 꼬리로 쫓고, 어깨와 얼굴에 달려드는 등에는 고개를 저어 쫓았다. 그때마다 잘랑, 하고 워낭이 울렸다.

이제 그것은 신호처럼 익숙해져서 새댁은 부엌에서 일을 하다가 워낭 소리만 듣고도 지금 흰별이 무얼 하는지 알 수 있었다. 생구가 앉아서 되새김질을 하다가 고개를 오른쪽으로 돌리는구나. 왼쪽으로 파리를 쫓는구나. 이건 서서 오른쪽으로 고개를 돌려 등에를 쫓는 소리지. 그리고 이건 누가 빼앗아 먹을세라 아래위로 열심히 머리를 흔들며 여물을 급하게 먹을 때 나는 소리고. 또 이건 칼집에서 칼을 뽑듯 짚단에서 짚을 뽑느라 끄트머리를 물고 휙 고개를 젖힐 때 나는 소리지.

새댁만 흰별의 워낭 소리를 좋아하는 게 아니었다.

"엄마. 생구가 자꾸 종을 쳐."

워낭 소리를 들으면 새댁도 좋아하고 자두도 좋아했다. 흰별과 같은 날 태어난 아들도 새댁의 등에 업혀 혼자 까르르 웃었다.

"우리 승기가 생구 워낭 소리를 얼마나 좋아하는지 몰라요."

"한날 태어났는데 친해야지. 그래야 이다음 소하고 일도 잘하고, 또 소도 많이 키워 부자가 되지."

차무집 주인도 허허, 하고 웃었다. 아직 가진 논밭이 없어 남의 땅을 소작해서 먹을 것이 부족해도 차무집의 부엌과 외양간과 마당은 더없이 평화로웠다.

먼 동굴에서
온 손님

크게 하는 일 없이도 늘 쌀밥만 먹고 사는 부자들과 지체 높은 양반들은 농부와 소는 배 속에서부터 일을 배워 나오는 줄 알았다. 그러나 이 세상에 어떤 일도 그런 것은 없었다.

일을 배우는 것도 쉽지 않지만 일을 가르치는 것도 쉬운 게 아니었다. 소에게 쟁기질을 가르치는 것은 더욱 그랬다. 논일이든 밭일이든 꼬박 한 해 동안 한 사람은 뒤에서 쟁기를 대고, 또 한 사람은 앞에서 고삐를 바짝 잡아끌며 길을 들여야 했다. 그래도 소가 어느 쪽으로 가야 할지 몰라 갈팡질팡하기 일쑤였다.

그러면 뒤에서 쟁기를 댄 사람은 소를 나무라지 않고 소를 끄는 사람을 나무랐다. 아무리 금실 좋은 부부라도 두 고랑도 갈기 전 밭머리에서 싸우고 마는 게 처음 소에게 쟁기를 가르치는 일이었다. 일을 가르치는 동안 소는 요령을 몰라 진이 빠져 논바닥에 주저 앉고, 사람은 애가 말라 논둑에 주저앉았다.

처음 밭에 나가 어깨에 멍에를 메고 쟁기를 끌고 들어온 날 밤이 었다. 흰별은 온몸이 천 근처럼 무거웠지만 얼른 잠들지 못하고 깊 은 생각에 잠겼다. 멍에와 쟁기에 대해서였다. 이제 저것들에 길들 여지고 익숙해지면 운명처럼 어깨와 꽁무니를 떠나지 않을 것이었 다. 이 땅에 처음 온 소들은 저런 것을 모르고 살았을 것이다.

우리 소들은 처음 어디에서 어떤 모습으로 살았을까.

언제 사람들에게 붙잡혀 멍에를 메게 되었을까.

그때 잡히지 않고 야생에 남은 형제들은 어디에서 무얼 하며 살 고 있을까.

생각에 생각을 거듭하다 어렴풋 눈을 감았을 때였다. 아주 아득 한 시절의 소 한 마리가 이마에 별이 박힌 흰별의 머릿속으로 뚜벅 뚜벅 걸어 들어왔다. 지금은 땅 위에서 모습을 볼 수 없는, 몸체가 대단히 크고 뿔도 대단히 큰 소였다.

"누, 누구시오?"

흰별이 꿈결에 놀라 물었다. 몸 빛깔도 검은색이 더 많이 섞인 짙 은 갈색으로 몸집이 골아우 씨소 두 배는 되는 것 같았다. 뿔도 머 리 양옆으로 쭉 뻗어 자라다가 앞과 위로 방향을 틀어 위엄을 더했 다. 커다란 몸집과 우뚝한 뿔만으로도 첫눈에 상대를 제압하고도 남을 힘이 느껴졌다.

"아, 이런……. 너무 놀라지 마시게. 내 이름은 큰뿔들소라네."

"큰뿔들소요? 처음 보는 소가 여기는 어떻게 온 거요?"

흰별은 찾아온 소의 덩치와 뿔에 거듭 놀라 물었다.

"내 몸은 삼만 년 전 인간들의 조상이 그린 쇼베동굴 속의 벽화로 남아 숨쉬고, 영혼은 하늘 위 금우궁에 깃들어 있다네. 그러니 우리가 처음 보는 게 당연하지."

"삼만 년……. 그게 대체 언제 적 일이라는 거요?"

"그 시절 동굴 속에 멋진 벽화를 남기긴 했어도 인간들은 아직 뗀석기밖에 사용할 줄 몰랐던 때였지. 커다란 덩치의 매머드가 초원을 어슬렁거리고, 표범과 호랑이와 우리 몸집만큼 큰 갈기 없는 동굴사자가 돌도끼를 든 사람과 말과 순록과 우리를 공격하던 야생의 시절이었지. 그 시절 우리는 세상의 지붕 같은 파미르 고원을 중심으로 유럽 저쪽 끝에서 아시아의 이쪽 끝까지, 큰 몸집과 큰 뿔을 자랑하며 살아왔다네. 그러다 일만 년 전 인간이 만든 우리 속에 갇히면서 가축이 되었던 거지."

"그러면 당신이 나의 조상인가요?"

"아니라네. 우리 큰뿔들소가 가축으로 사육되었던 건 지금 자네들처럼 쟁기를 끌기 위해서가 아니라 염소와 양과 돼지처럼 고기를 얻기 위해서였지. 사람들이 사냥을 하지 않고도 자기들이 필요한 때에 하늘에 바칠 희생우로 우리를 잡아 가두었던 거라네."

"그럼 쟁기를 끄는 우리 집소는 어디에서 온 누구들인가요?"

"논밭에 나가 일을 하거나 젖을 얻기 위해 길들여진 자네 조상은 우리와는 다른 종류의 소들이었지."

"그렇다면 이 밤, 무슨 일로 날 찾아온 것이오? 조상도 아니고, 종류도 다른 소를."

"글쎄, 어떻게 말하면 좋을까? 우리가 머물고 있는 하늘의 궁전에서 자네의 깊은 한숨 소리를 들었다네. 그래서 생각난 김에 자네와 함께 얘기하고 싶어졌다네."

"그건 내가 오늘 하루 종일 몸에 맞지 않는 멍에를 메고 들어와서 그랬다오. 앞으로 이걸 계속 메야 하는지, 말아야 하는지……."

"오늘 일하는 모습도 보았다네. 자네뿐 아니라 나는 자네 조상들이 사람과 함께 들에서 일하는 모습을 아주 오랜 세월 지켜보았지. 자네는 방금 몸에 맞지 않는 멍에라고 했지만, 우리같이 이미 땅 위에서 사라지고 만 소들이 보았을 땐 부럽기도 한 모습이었다네."

"무엇이 말이오? 오늘 내가 메었던 멍에가 말이오?"

"꼭 그것만은 아니라네."

"설마 놀리는 건 아닐 테고……. 무슨 뜻이오?"

"가축이라는 게 무언가. 본분과 위치를 말하자는 게 아니네. 개도 염소도 양도 돼지도 모두 사람들 손에 일방적으로 사육되는 모습이지."

"그러니 가축이지요. 길들여진 짐승이고."

"그건 길들여지지 않아도 마찬가지라네. 지난날 틈만 나면 이 뿔로 우리를 부수고 저항하며 길들여지기를 거부하던 우리 큰뿔들소들도 다른 가축들보다 단지 다루기 힘들었다 뿐이지 일방적으로 사육되었다는 점에서는 크게 다르지 않았다네. 마치 계절 가축처럼 목초가 흔할 때면 야생에서 잡아와 가두고 겨울이 다가와 먹이를 구하기 어려우면 우리를 비우거나 머릿수를 줄였지."

"그래도 멍에는 메지 않았지요."

"자네는 오늘 처음 메어본 멍에에 사로잡혀 있는 것 같군. 그래, 우리 큰뿔들소는 멍에를 메지 않았지. 사람들이 아직 농경에 소를 이용할 줄 모르던 때이기도 하고, 또 우리는 맹목적으로 거칠었지. 그러다 나중에 우리 안으로 들어온 자네들은 같은 소라도 마치 사람들과 농경을 협업하는 동업자들 같았지."

"동업이라니, 우리가 사람들과 말이오?"

"사람이 해야 할 일을 자네들이 대신했던 것이 아니라 논밭에서 사람들과 똑같이 자기가 먹을 것을 위해 일했던 거지. 다른 짐승들은 아무것도 하지 않은 채 사람이 주는 먹이를 받아먹거나 반대로 꿀벌처럼 자기가 따온 먹이를 일방적으로 빼앗기는 관계였지만 자네들은 스스로 농사지은 짚과 건초를 먹었지. 그건 어느 가축도 할 수 없는 일이었다네. 단지 그걸 사람이 주다 보니 그냥 받아먹기만 하는 다른 가축들과 크게 차이가 나 보이지 않았던 거지."

"내 얘기가 바로 그거라오. 지금 큰뿔 손님의 말처럼 주는 걸 받

아먹으면 그게 그거지 다를 게 뭐가 있겠소?"

"다른 가축은 일방적으로 얻어먹으며 사육되고, 자네들은 자기가 일해 수확한 것을 먹는데도 말인가? 누가 그걸 어떻게 말하든 우리 사라진 소들의 눈에 그것은 사육이 아니라 오랜 세월 공생처럼 보였다네."

"나 듣기 좋으라고 하는 소리인가요?"

"글쎄……. 그거야 자네 듣기 나름이겠지만, 고작 그러려고 동굴에 들러 벽화 속의 몸까지 데리고 먼 길을 온 것은 아니라네."

"그러면 그때 사람들에게 잡히지 않은 우리 조상들은 지금 어디에서 무얼 하며 살고 있나요? 오늘 밭에서도 나는 하루 종일 그게 궁금했어요."

"꼭 알고 싶은가?"

"예. 그러니 얼른 말해봐요."

"재촉하니 말을 하겠네만, 기대는 하지 말고 듣게. 자네 조상의 이름은 오록스, 알타미라와 라스코 동굴 벽화 속에 멋진 모습을 자랑하고 있는 소들이 바로 자네 조상들이지. 우리 큰뿔들소만큼은 크지 않아도 아주 멋진 뿔과 아주 멋진 몸을 가졌지."

"오, 록, 스……."

흰별은 그 이름을 한 글자씩 끊어 말해보았다. 그것은 오랫동안 존재를 잊고 있던, 가슴속에 오롯하게 새겨지는 별과 같은 이름이었다. 오, 록, 스…….

"그러나 유감스럽게도 야생에 남은 자네 조상들은 우리에서 벗어난 우리 큰뿔들소와 마찬가지로 이 땅에서 모두 사라지고 말았다네. 오직 번성한 쪽은 사람과 함께 일을 해온 자네들이었지."

"단 한 마리도 남지 않고 말인가요?"

"그렇다네. 우리도 그렇지만 자네 조상들도 꼭 남획 때문이라고만 말할 수 없게 인간의 시간으로 청동기 이전에 이미 대부분 사라져버렸지. 아주 소수만 남아 자네들과는 다른 방식으로 숲속에서 목숨을 이어오다가 그마저 오래 전에 자취를 감추고 말았다네."

"그러면 지상에 이제 야생 소가 없다는 얘기인가요?"

"야생 소가 없어진 건 아니지. 자네들의 조상이었던 야생 들소 오록스가 없어진 거지. 지금 다른 대륙에 살고 있는 무소와 들소들은 같은 소라도 자네들과는 전혀 다른 종류의 소들이라네."

"그래도 그렇지, 그렇게 쉽게 사라지다니요."

흰별의 생각엔 수가 그렇게 많지는 않다 하더라도 어느 먼 나라 숲 속에서 야생의 귀족처럼 멋진 모습으로 자기 같은 집소들의 동경을 받으며 살고 있을 줄 알았다. 그런데 아니라니, 그거야말로 뜻밖이었다.

"자네 조상과 비슷한 시기에 사라진 도도새는 마지막 한 마리까지도 인간의 남획으로 사라졌지만, 자네 조상은 마지막 수백 년 동안은 황제의 칙령보호*까지 받았는데도 사라지고 말았단 말이지."

"그렇다면 더욱 이해할 수가 없군요."

"우리도 그랬네만 한 마리 한 마리 놓고 보면 초식동물 가운데 이보다 멋지고 강한 무리도 없지. 그렇지만 전체로 놓고 보면 모기 한 마리보다 더 약한 무리였던 거지. 우리가 초원에 있던 시절 오로지 남들을 잡아먹기만 하는 가장 용감한 동굴사자 역시 그렇게 도태되었던 거지."

"대체 무엇이 문제였던가요?"

"자네 조상만 놓고 본다면 처음엔 천적들의 사냥 때문이었겠지만, 나중엔 점점 달라져가는 환경 속에 먹을 것을 확보하고 짝을 찾아 번식하는 일이 쉽지 않았던 거겠지. 야생이든 가축이든 돼지는 일 년에 두 번, 한 배에 열 마리 가까운 새끼를 낳지. 그러나 우리 소들은 일 년에 고작 하나가 아니던가."

흰별은 잠시 말을 잊었다. 큰뿔들소 말대로 소는 번식력도 떨어지고 동작도 느렸다. 한겨울에도 끊임없이 많이 먹어야 했다. 어느 동물에게도 먹는 것과 새끼를 낳아 기르는 것이 생존의 가장 큰 문제였다. 그러나 알면서 흰별은 이렇게 말했다.

"비록 우리가 짐승이라 하더라도 먹고 번식하고, 그것이 사는 것의 모든 것은 아니지 않소?"

"역시 자네는 이마에 별을 이고 있는 소답게 말하는군."

* 야생 오록스는 13세기에 폴란드, 리투아니아, 프러시아 동부에 일부만 남았고, 마지막 남은 오록스는 폴란드 왕실에서 보호했다. 이런 노력에도 불구하고 1627년 멸종하고 말았다.

"그렇지 않다는 건가요?"

"자네가 지금 멍에와 쟁기에 대해 고민하고 있는 것처럼 예전 아프리카 적도의 킬리만자로에 눈이 덮인 곳까지 올라가 죽은 표범 얘기가 있다네. 거기는 먹이조차 구할 수 없는 곳인데 표범이 초원에서 무엇을 찾아 그리 높은 곳까지 올라갔는지 아무도 알 수가 없는 일이지만 말일세."

"나는 처음 듣는 얘기라오."

"어디 표범뿐이겠는가. 우리의 전설 속에도 경전을 읽으며 마음을 닦던 소 얘기가 있지. 자네 말대로 먹는 것이 사는 것의 모든 것은 아니겠지만 그러나 먹는 것은 어느 시기에나 우리 삶의 가장 중요한 문제였다네. 지금도 야생의 초원에서 풀을 찾아 수백 킬로미터씩 걷기의 사바나와 악어 떼들이 길목을 지키는 죽음의 강을 건너 행군하는 또 다른 종족의 소들이 있지."

"그런 형제들이 있다는 얘기도 나는 오늘 당신한테 처음 들어요."

"우리 사라진 소들의 입장에서 보면 그런 소들의 생존은 참으로 존경받을 만하지. 풀을 찾아 이동하는 그들의 목숨을 건 행군을 보노라면 먹고사는 일이야말로 살아 있는 것들의 힘이고 역사구나 하는 생각이 절로 든다네. 적도의 눈 덮인 산에 오른 표범의 이상만 숭고한 게 아니라네. 살아 있는 것들은 살아 있는 것 자체로 우리를 숙연하게 하지. 온갖 위험 속에서도 그것들은 살아 있는 이유를 가지고 있는 거라네. 그러나 우리와 자네 조상은 그러지 못했던 거지."

"그 얘길 하러 온 건가요?"

"아닐세. 그것만이라면 굳이 올 이유도 없지. 오랜 세월 지켜보면 야생에서 그들의 삶은 매 순간이 고난이며 투쟁이지. 그러지 않고는 살아갈 수가 없는 거라서 한 끼니의 풀에 목숨을 거는 거지. 그러나 그들의 생존은 그들대로 눈물겹고 존경스럽지만, 인간과 동업을 이룬 자네들의 방식도 사라진 우리 눈에는 참으로 경이로웠다네."

"사람들에게 얻어먹는 것으로 말인가요?"

"자네는 지금 일부러 더 거칠게 말하지만, 그게 정말 얻어먹는 것이었을까?"

"그것도 알곡은 사람이 갖고 우리는 짚과 건초를 가졌지요."

"잘 보게. 함께 땅을 경작해 알곡을 차지한 사람들은 늘 식량이 빠듯해 먹을 것을 걱정하며 살지. 흉년엔 봄을 나는 일이 쉽지 않아 풀뿌리를 캐먹기까지 하고. 그렇지만 짚과 건초를 차지한 자네들은 어느 해 겨울에도 먹이가 떨어진 적이 없었지. 아니, 사람들이 자기들은 굶어도 자네들까지 굶게 한 적은 없어. 오랜 세월 개와 사람이 나누어온 정보다 더 깊은 생업의 우정이 자네 조상과 사람들 사이에 있었다네. 같은 소로서 우리 큰뿔들소들이 부러워했던 게 바로 그거였다네."

"지금 생업의 우정이라고 하셨소?"

"그렇다네. 지금 내 말을 절반은 부인하려드는 자네한테도 이 말은 조금도 낯설지가 않지. 이 집에서 자네와 사람의 관계가 그렇지 않던가?"

흰별은 침묵했다.

"여보게 친구. 멍에를 메느냐 마느냐 하는 것은 자네가 결정할 일이지. 사람이 아무리 가르치려 해도 예전의 우리처럼 자네가 부사리를 치며 싫다면 그건 어쩔 수가 없는 일이겠지."

흰별은 다시 말이 없었다.

어색하지 않을 만큼의 사이를 두고 다시 큰뿔들소가 말했다.

"앞으로 멍에를 메든 안 메든 내일도 들로 나가야 하는데 그만 주무시게. 나도 그만 돌아가야 할 시간이 된 것 같네."

"지금 하늘로 말인가요?"

"그렇다네. 영혼은 그리로 돌아가고, 몸은 다시 처음 왔던 쇼베동굴 속의 벽화로 돌아가야 하는 거지."

처음 걸어 들어온 곳은 흰별의 머리였지만, 큰뿔들소는 외양간의 문을 열고 다시 뚜벅뚜벅 왔던 길을 되돌아나갔다.

"무, 무우……."(대우大牛, 잘 살펴가시오.)

인사를 하는 흰별의 목에서 깊은 밤 두 번 워낭이 울렸다.

가슴에 묻은
첫 새끼

큰뿔들소의 방문으로 모든 걸 다 받아들였던 것은 아니었다. 더 깊고 아프게 새겨야 할 일은 뒤에 있었다. 흰별소 일생에 가장 잊을 수 없는 일은 첫 송아지를 낳던 때였다.

설을 사흘 앞두고서였다. 며칠 전부터 흰별의 젖이 커지고 젖꼭지가 딱딱해졌다. 배도 눈에 띄게 처졌다. 아침엔 여물을 반쯤 먹더니 저녁엔 기운을 내라고 콩을 한 줌 섞었는데도 입도 대지 않고 그대로 남겼다.

차무집 주인에게 한 가지 걱정되는 것은 엊저녁부터 몰아친 한파로 집 앞 개울까지 꽁꽁 얼어붙은 한밤중에 젖은 송아지를 받아내는 일이었다. 겨우살이를 준비할 때 외양간 바깥에 두 겹 이엉을 둘

렀지만, 아까 해가 지고 나서부터는 바람까지 거세게 불었다. 관솔에 불을 붙여 작은 횃불처럼 부엌과 외양간을 밝혔다.

새댁이 화로에 불을 담아 외양간에 들어가 있는 남편에게 구유 위로 넘겨주었다. 밖에 바람이 거세게 불어 이런 날 새끼를 낳기 위해 깔아놓은 짚더미 속에 화로를 놓아두는 게 여간 조심스럽지 않았다. 아무리 이엉을 겹겹이 둘러도 문 쪽으로 들이치는 외풍을 막을 재간이 없었다. 바람이 부니 화로도 불안하고 소 울음소리도 어느 게 바람 소리고 어느 게 소 울음소린지 모르게 불안하게 들렸다.

첫 양수가 터질 때까지만 해도 모든 게 정상적으로 진행되었다. 몸 바깥으로 노란 발톱이 보여 얼른 살펴보자 발바닥이 아래쪽이어서 그것도 안심할 만했다. 그런데 엄청나게 많은 양의 두 번째 양수가 터진 다음 한참을 기다려도 다음 징후가 없는 것이었다. 바닥에 누운 흰별만 점점 더 거세게 숨을 몰아쉬며 신음 소리를 냈다. 흰별은 아예 사람처럼 완전히 옆으로 누워 네 다리를 쫙 펼쳤다.

"무우⋯⋯. 무우⋯⋯."

차무집 주인은 이러다가 송아지도 잃고 어미도 잃고 마는 게 아닌지 불길한 생각이 들기 시작했다. 잠시 전까지도 이엉을 들썩이며 들리던 바람 소리도 귀에 들어오지 않았다.

'이거, 이러다 잘못되는 거 아니야?'

차무집 주인이 불안한 얼굴로 화로에 손을 얹고 흰별을 바라보다가 자리에서 일어서는 것과 동시에 흰별이 큰 비명을 질렀다. 흰별의 몸 바깥으로 쑥, 하고 송아지가 모습을 드러냈다. 다행이라는 생각은 잠시뿐, 흰별이 꽁무니에 송아지의 머리를 달고 자리에서 일어서는 순간 차무집 주인은 곧바로 이상한 느낌이 들었다.

앞발과 목이 빠져나온 송아지의 몸이 이미 배 속에서부터 축 처진 채로 밖으로 나온 것이었다. 그렇다면 지체할 시간이 없었다. 차무집 주인은 소 꽁무니에 바짝 붙어 서서 송아지의 발과 목을 잡고 송아지의 남은 몸을 어미 몸 바깥으로 힘껏 잡아당겼다.

짧아도 지옥 같은 시간이었다. 흰별은 금방이라도 죽을 듯 비명을 지르고, 다리와 목을 함께 잡고 잡아당기자 송아지의 입에서도 꾸룩, 하는 소리가 들렸다. 소 엉덩이를 안고 씨름하는 동안 사람도 소도 제정신이 아니었다. 한참 만에야 간신히 송아지를 끄집어냈다.

그런데 송아지가 가느다랗게 숨을 쉬긴 하는데, 전혀 몸을 움직이지 못하는 것이었다. 새댁이 구유 위로 건네주는 행주를 받을 사이도 없이 차무집 주인은 송아지의 코에 입을 대고 힘껏 양수를 빨아들였다. 그것이 목으로 넘어가는지 배 속으로 들어가는지도 모르게 코와 입 안에 고인 물을 빨아내도 송아지는 여전히 축 처진 모습으로 제대로 눈조차 뜨지 못했다.

배 속에서부터 잘못되었는지, 아니면 아까 몸 밖으로 끄집어낼 때 다른 조치를 취했어야 했는지, 그것조차 알 수 없는 가운데 송아지는 큰 숨 한번 쉬어보지 못하고 저세상으로 갔다. 차무집 주인이 짚더미 위에 조심스럽게 송아지를 내려놓자 이번엔 흰별이 자기가 낳은 새끼에게 무슨 일이 생겼는지를 아는지 아무 움직임도 없는 송아지의 몸을 필사적으로 핥기 시작했다. 새댁도 이미 상황을 짐작하고 부엌에서 말이 없었다.

"무우, 무우……."

죽은 새끼의 몸을 핥는 흰별의 눈에 그렁그렁 눈물이 고여 흘렀다. 차무집 주인도 가슴이 터질 것만 같았다. 송아지는 어미 배 속에서 흠뻑 몸이 젖은 채로 눈물도 한 방울 흘려보지 못하고, 눈 한번 떠서 어미를 바라보지도 못하고, 양수에 젖은 몸을 말리지도 못하고 왔던 세상으로 되돌아갔다. 겨우 물 한 솥 끓일 만큼의 시간이었다. 참으로 허망하기 짝이 없었다. 차무집 주인은 새벽이 될 때까지 오래도록 새끼를 흰별 옆에 놓아두었다. 금방 그렇게 간 새끼도 불쌍하고, 새끼를 눈물 속에 보내는 어미소도 불쌍했다.

흰별과 차무집 주인과 새댁 셋 사이에서 그래도 먼저 정신을 차린 건 새댁이었다.

"이제 어떻게 해요? 자두 아버지……."

새댁이 입술을 꼭 깨물고, 아직도 외양간에 서 있는 남편에게 물었다.

차무집 주인은 대답하지 않았다.

"자두 아버지, 내일모레가 설이잖아요. 저것도 고기라고 설음식으로 써야 하는지 말아야 하는지 자두 아버지가 말해봐요."

"……."

"당신이 설음식으로 쓴다고 해도 내가 당신보고 저걸 손질하라고 하지 않아요. 당신이 먹는다고 하면 내가 여기 여물을 퍼낸 가마에 삶아 당신도 주고, 애들한테도 주지요. 그렇지만 나는 저게 내가 낳다가 죽인 내 새끼 같아서 입에 대지 못해요."

"당신한테 자식 같으면 나한테도 자식 같지."

"그럼 말해봐요. 저걸 어떻게 해야 할지. 우리는 먹지 않고, 일 년가도 고기맛을 보지 못하는 우리 애들한테 먹일 거라고 하면 그래도 나는 저걸 손질해요."

"곡괭이나 찾아주게."

차무집 주인은 외양간에서 화로를 다시 넘겨준 다음 구유를 타고 부엌으로 나왔다. 그때까지도 흰별은 소리도 없이 눈물을 흘리며 송아지의 몸을 핥았다.

"저걸 어떻게 뺏어 가마솥에 넣겠는가?"

그러나 그것도 먹는 음식이라는 걸 모르지 않았다. 옛날 큰 고을의 수령이 오고갈 때 송치라고 해서 어미 뱃속에 든 송아지를 어미와 함께 푹 고아서 먹기도 하고, 가진 것 없는 농부들은 소가 새끼를 낳다가 죽으면 그걸 여물 가마에 삶아 제 새끼 살 발라먹듯 했다는 것도 알고 있었다. 어미고기보다 연한 살코기는 그냥 뜯어서 먹고, 머리와 뼈가 붙은 곳의 살들은 편육처럼 눌러 먹는다는 것도 알고 있었다.

차무집 주인은 새벽까지 씽씽 부는 바람 속에 곡괭이로 텃밭의 언 땅을 쪼아 구덩이를 팠다. 여름이면 더 넓고 깊게 팠겠지만, 겨울이라 그러지 못했다. 간신히 허리 깊이까지 파내려간 구덩이에 송아지를 묻고 나자 지난밤 무슨 일이 있었냐는 듯 희부윰하게 날이 밝아오며 바람이 잦아들었다.

송아지를 묻고 부엌으로 들어오자 흰별이 송아지는 이미 죽고 없는데 제 몸속에서 나온 태반을 무청 걸어 먹듯이 우적우적 먹고 있었다.

"그래, 그거 배 속에 넣고 다시 크고 튼튼한 송아지 낳아."

새댁은 부엌에서 돌아서서 울고 있었다. 차무집 주인은 흰별의 고삐를 끌어 마당가로 끌고 나와 텃밭 쪽으로 갔다.

"생구야. 잘 봐둬라. 여기다. 여기에 네 새끼를 묻었다. 이제 이것도 네가 지키고, 앞으로 낳을 것들도 다시 잃지 말고 네가 네 마음으로 지켜라."

흰별도 그 자리가 무슨 자린지 아는지 몇 번이고 주변을 서성이며 거기에 코를 대고 작별 인사를 했다.

"무우……. 무우…….'

"이제 그만 들어가자."

설을 쇠고 나자 금방 봄기운이 돌았다.

"이제 우리 생구 어떻게 해요? 자두 아버지."

흰별이 다시 생을 내던 날 새댁이 물었다.

"글쎄……."

보통 암소가 첫 새끼를 낳다 실패하면 그건 앞으로도 그럴 수 있는 일이어서 대개는 그 소를 장판으로 끌고 나왔다. 새끼가 죽은 다음 금방 끌고 나오는 것이 아니라, 다시 수태를 시켜 여섯 달이고 일곱 달이 지난 다음 곧 새끼를 낳을 소처럼 끌고 와서 팔았다.

그러나 차무집 주인은 흰별에게 그럴 수가 없었다. 비록 첫 새끼를 낳는데 실패했지만 앞으로 이 소에서 새끼를 못 얻으면 어떤 소에서도 새끼를 얻을 수 없다고 생각했다. 오기 같은 마음이 아니었다. 한 달도 안 된 그릿소를 데려와 거기에서 얻은 이 집의 첫 소였기 때문이었다.

그건 새댁에게도 마찬가지였다.

금우궁으로
가던 날

　흰별이 다시 건강한 새끼를 낳은 것은 다음 해 섣달의 일이었다. 지난해 낳다가 죽은 첫 송아지가 암송아지였는지 수송아지였는지 흰별은 알지 못한다. 그것까지 살필 겨를이 없었다. 두 번째 송아지 는 암송아지였다.

　그 송아지는 차무집 외양간에 흰별과 함께 이 년쯤 같이 있었다. 그리고 배 속에 새끼를 가진 채 팔려갔다. 그때의 이별은 또 어떠했 는지 말하려는 게 아니다. 두 마리의 소는 오래 같이 있을 수가 없 었다. 소 두 마리가 한 외양간에서 새끼를 낳기엔 차무집 외양간도 좁거니와 그 안에서 어떤 사고가 발생할지도 모를 일이었다. 그건 사람도 알고 소도 알았다. 흰별이 떠나든 새끼소가 떠나든 할 수밖 에 없는 상황이었다.

첫 새끼를 죽인 다음 흰별은 열네 배의 새끼를 차무집 외양간에서 낳았다. 죽인 새끼까지 치면 열다섯 배의 새끼를 낳은 셈이고, 그의 나이 어느덧 열여덟 살이 되었다. 그 가운데 낳을 때 가장 골격이 좋고 튼튼했던 새끼는 일곱 번째로 낳은 수송아지였다. 이태 전에 있은 을미사변*으로 러시아 공관에 피신해 있던 왕이 다시 궁궐로 돌아오고, 나라의 이름을 조선에서 대한제국으로 고친 해였다.

그러나 왕이 궁궐로 돌아온 일도, 나라 이름을 제국으로 고쳐 부른 것도 우리가 살던 우추리의 일상과는 별 상관이 없었다. 뒤늦게 얘기를 전해 들은 사람들은 힘없는 나라가 얼른 정신을 차려 힘을 길러야지 나라의 이름을 고치고 왕을 황제라고 부른들 무엇이 달라지겠느냐고 말했다. 기만아범은 여전히 참봉집 종살이를 했다.

흰별이 열네 번째의 새끼를 낳은 건 대한제국과 일본 간의 제2차 한일협약이 맺어지던 을사년(1905년) 동짓달의 일이었다. 나라의 외교권이 박탈된 조약이라고 했지만 그 일에 대해서도 우추리는 사정이 어두웠다.

새끼를 낳을 때 노산의 징후가 있었다. 첫 새끼를 낳을 때만큼이나 힘들었다. 이번에도 추운 겨울 한밤중에 새끼를 낳았다. 다행히

* 1895년에 일본의 자객들이 궁궐을 습격하여 왕비를 시해한 사건

눈이 내려 날씨도 포근했고, 차무집 주인어른이 빠르게 응급조치를 해줬다.

열네 번째의 새끼를 낳고 나서 한 달 열흘 후 흰별은 어김없이 다음 새끼를 갖기 위해 암내를 냈다. 그러나 사흘 동안이나 내는 암내를 차무집 어른은 그냥 흘려버렸다. 이제까지 한 번도 그런 적이 없었다. 첫 암내 때 씨소 집을 찾아갔지만 제대로 수태가 되지 않아 다음 암내 때 다시 찾아간 적은 있어도 몰라서 놓쳤던 적은 없었다. 흰별은 주인어른이 설 명절을 쇠고 난 다음 봄에 날까지 잡은 큰아들 혼사에 바빠 자신의 암내를 미처 알아차리지 못한 것이라고 생각했다.

흰별과 한날 한 지붕 아래에서 태어난 이 집 큰아들 승기는 삼월 열이레로 이미 잔칫날까지 잡은 열여덟 살의 열혈장부였다. 승기는 열네 살이 되었을 때 논일과 밭일의 쟁기질까지 다 배웠다. 흰별이 앞에서 끌고 승기가 뒤에서 보습을 댔다. 그때 흰별은 쟁기질에 이골이 날 대로 난 때였고, 소를 부리는 승기는 첫 쟁기질이어서 오히려 흰별이 앞에서 승기를 이끌었다. 아들이 소와 함께 쟁기질을 하는 걸 지켜보던 차무집 어른이 논둑에서 이렇게 말했을 정도였다.

"너 지금 생구 데리고 논 갈았다고 쟁기질 제대로 다 익힌 거 아니다. 올해는 네가 생구 데리고 일한 게 아니라 생구가 널 데리고 일한 게야."

"알지요. 생구 덕에 제가 편하게 일 배우는 거."

흰별과 승기는 삼년간 쟁기질을 한 셈이었다. 봄 나면 사년 째였다. 쟁기질을 할 때 승기는 흰별을 꼭 어이, 한날이, 하고 불렀다. 우리가 한날 한지붕 아래로 왔다는 뜻이었다. 한날에 태어나도 자기는 아침에 태어나고, 흰별은 점심 지나 태어났다는 걸 은근히 뽐내기도 했다.

흰별의 워낭 소리를 그토록 좋아하던 이집 큰딸 자두는 사 년 전에 우추리 위쪽 즈므마을로 시집을 갔다. 이따금 친정에 와 부엌에서나 외양간 앞을 지날 때 흰별이 일부러 워낭을 울리면 환하게 웃으며 이 한마디를 잊지 않았다.

"이것 봐. 내가 왔다고 인사를 하네. 그래, 우리 생구 잘 있었어?"

출산 후 첫 암내가 전달되지 않고 스무날 쯤 지나자 흰별의 몸이 다시 신호를 보내왔다. 흰별은 이번엔 놓칠 수 없다는 마음으로 더 크게 울부짖으며 암내를 냈다.

외양간에서 흰별이 얼른 씨소 집으로 데려가 달라고 유세하듯 큰 소리를 내는데, 차무집 주인어른과 승기가 마당에서 흰별의 얘기를 나누었다.

"허, 참. 저절로 내는 생을 그만두라고 할 수도 없고."

"어떻게 하쥬?"

"뭘 어떡해? 그냥 넘겨야지."

그 말을 듣는 순간 흰별은 턱을 구유에 찧었다. 자기도 모르게 앞다리 무릎의 힘이 쫙 빠져버린 것이었다. 그 말은 더 이상 흰별에게 새끼를 낳게 하지 않겠다는 뜻이었다.

"저렇게 영각하는데* 한 번 더 낳게 하쥬."

다시 승기가 말했다.

"지난번도 힘들게 낳았어. 더 미련 쓰고 낳게 하다 보면 어미도 새끼도 한몫에 외양간에서 죽이고 말거다. 그 일을 어떻게 치르누?"

"하긴 지난번도 아버지니까 받아내셨지 저 같으면 못 했을 기래요."

"이제 소를 바꿀 때가 된 게야. 봄 나면 안쪽에 있는 소, 일 가르쳐야지."

"그럼 생구는 어떻게 하고요?"

"니 잔치 전에 팔든가, 뭐 다르게 요량을 해야지."

흰별은 다리가 후들거려 숨조차 제대로 쉴 수가 없었다. 팔려간다는 말보다 더 무서운 말이 흰별에겐 새끼를 그만 낳게 하겠다는 말이었다. 새끼를 낳지 않는 암소가 할 일은 한 가지밖에 없었다. 고기를 내놓는 것이었다. 그러나 어쩔 수 없는 일이기도 했다. 단지 그게 빠르게 느껴지는 것뿐이지 언젠가는 올 날이 온 것이었다. 지난번 출산도 사실 버거웠다. 승기 말대로 주인어른의 도움이 아니

* 길게 우는데

었다면 지금 젖을 빨고 있는 새끼도 어떻게 되었을지 모를 일이었다.

흰별은 터져 나오는 암내 영각을 안으로 삼킬 수밖에 없었다.

"무우……. 무우……."

열네 번째의 송아지를 마지막으로 흰별은 더 새끼를 배지 않았다. 대신 같은 외양간에 있는 흰별의 열두 번째 새끼가 암소여서 앞으로 차무집에서 새끼를 낳는 일은 그 소가 도맡게 되었다. 몸에 이미 새끼를 가지고 있었다. 흰별이 나이가 들어가며 아마도 주인어른이 오래전부터 그렇게 예비하고 있었던 일인지도 몰랐다.

예부터 집은 큰아들이 물려받고, 외양간은 어미소가 제일 마지막에 낳은 암송아지가 물려받는 법이었다. 어떤 집의 일소로 길들여지면 그 소는 마지막 새끼를 낳을 때까지 그 집 외양간의 주인이 되었다. 매년 낳는 새끼들은 젖을 떼거나 어른 소가 되면 팔려갔다. 아무리 늦어도 새끼를 배어 몸을 풀기 전엔 팔려갔다. 그건 소의 운명이었다.

열네 번째의 새끼를 낳을 때만 해도 흰별은 자신이 이 외양간의 주인이라고 생각했다. 그래서 배가 부른 채로 자기 옆에 매어 있는 열두 번째의 새끼가 몸을 풀기 전 팔려갈 것이라고 생각했다. 저 소를 팔아 승기의 혼사 비용으로 쓸 것이라고 생각했다.

흰별이 열네 번째의 새끼를 낳고, 두 번의 암내를 그냥 흘려보내면서 차무집 외양간의 주인이 흰별도 모르는 사이 바뀌어버린 것이었다. 지금 배 속에 새끼를 배고 있는 흰별의 열두 번째 새끼가 앞으로 오래 이곳을 지킬 새 주인이 된 것이었다. 이제 그렇게 새끼에게 외양간을 물려줄 때가 온 것이었다. 흰별의 마음에도 이 아이라면 믿을 만했다. 힘도 좋고, 성정도 순했다. 그것은 흰별 자신이 떠나더라도 거듭 믿을 만한 일이었다.

흰별은 동짓달에 마지막 새끼를 낳고 해가 바뀐 병오년(1906년) 삼월 금우궁으로 귀소했다. 자신의 오랜 가족이자 친구와도 같은 승기의 잔치를 지켜보지 못했다. 안타깝게도 잔치 사흘 전에 귀소한 때문이었다. 예전에 큰딸 자두가 시집을 갈 때는 흰별의 새끼를 팔아 혼사비용으로 썼다. 그런 것처럼 이번 승기 잔치 때엔 이제 새끼를 더 낳을 수 없는, 아니 새끼를 더 낳게 할 수 없는 흰별을 팔아 비용으로 쓰기로 한 것이었다.

잔치엔 돈도 필요하지만, 고기도 필요했다. 돼지를 잡기도 하지만 조금 큰 잔치엔 소를 잡기도 했다. 승기는 이 집의 큰아들이었다. 주인어른은 푸줏간 사람을 불러 흰별을 보게 했다. 잔치에 고기는 필요하고, 그래서 미리 푸줏간 사람을 불러서 의논했다. 그 사람이 처음 마당에 들어섰을 때 흰별은 그가 자신들을 땅에서 하늘 금우궁으로 인도하는 사람인지 알지 못했다.

"그간 별래무양하시었소?"

잠시 외양간을 들여다보며 점잖은 말로 인사까지 해서 사람에게도 소에게도 예의가 보통 바른 사람이 아니구나, 그렇게만 여겼다. 나중에 보니 그 인사가 보통 사람들의 예사 인사가 아닌 것이었다. 소를 금우궁으로 인도하는 사람이 소에게 예를 다해 하는 인사였다.

흰별은 한날 한지붕 아래에서 태어난 승기의 잔치를 위해 기꺼이 목숨을 내놓았다. 승기의 색시는 같은 강릉의 강동마을에서 왔다. 이렇게 소까지 잡았으니 시골 잔치로는 퍽이나 성대한 편이었다.

흰별도 한날에 태어난 한날이의 혼인을 직접 지켜볼 수 없는 것이 여간 애석하지 않았다. 그러나 푸줏간으로 끌려가 귀천하기 전 단단히 고삐가 매이면서도 크게 억울하거나 서럽지는 않았다. 오히려 담담한 기분이었다. 열여덟 해, 한 마리의 소가 걸어가야 할 길을 스스로 잘 걸어왔다는 생각도 들었다.

사람은 몰라도 소는 그게 자신들의 목숨이 가야 하는 길인 것을 이미 운명적으로 알기 때문이었다. 첫 새끼를 낳다가 죽이고, 먹을 것 하나 없이 설 명절을 앞두었던 그때 그것을 사람들 입이 아니라 텃밭에 묻을 때, 흰별은 이다음 자신의 목숨을 꼭 이렇게 내놓고 싶었다. 떠날 때가 되어 어차피 떠나는 것이라면 그 집에 모든 걸 다 주고 오고 싶었다.

자신의 머리에 망치가 닿는 순간, 흰별은 하늘이 열리는 아득한 소리를 들었다. 땅에서 하늘로 올라올 때는 처음 멍에를 메었던 날 한밤중에 외양간을 찾아와 위로해주었던 큰뿔들소의 안내를 받았다.

"그간 애 많이 썼네. 자네가 오길 기다렸다네."

"무우……."

누군가 흰별의 이름을 올리는 금우궁의 명부에 이렇게 적었다.

흰별

우추리 차무집의 첫 소.

그릿소의 새끼로 태어나 많은 새끼를 낳고, 많은 논과 밭을 갈았다.

성정이 곧고 어질었다.

종은 달라도 운명적으로 큰뿔들소를 사랑했다.

생 : 무자년(1888년) 음력 팔월 스무엿새

몰 : 병오년(1906년) 음력 삼월 열나흘

영결종천.

버드나무의 힘

훤별의 뒤를 이어 차무집 외양간의 주인이 된 소는 열두 번째 새 끼 미륵이었다. 젊은 주인이 결혼하던 해 일을 시켜보니 꾀도 부리 지 않고 듬직해서 붙여준 이름이었다. 논밭으로 데리고 나가 일을 가르친 것도 젊은 내외였다.

두 사람도 소에게 쟁기질을 가르치느라 논밭에서 여러 번 큰소리 를 냈다. 말이야 다퉜다고 하지만 오라비 같은 남편이 동생 같은 아 내를 소 하나 제대로 끌지 못한다고 나무라는 것이었다. 그때마다 몸이 여리고 얼굴이 흰 아내는 괜히 억울한 생각이 들어 눈물을 찍 어내곤 했다. 그러면 그 모습을 멀찍이서 지켜보던 차무집 안주인 이 달래듯 말했다.

"예전에 느 아버지하고도 생구 일 가르치느라 많이 다퉜지. 잘못은 소가 해도 야단은 늘 소를 *끄는* 사람에게 하거든."

"그러니까요, 어머니."

며느리는 그게 억울하고 섭섭하다는 얼굴을 했다.

"소가 말을 못 알아들으니 사람을 나무라는 거지."

"알지만 그때마다 야속한 생각이 들어요."

"나도 그랬니라. 그러면 느 아버지는 뭐라시는 줄 아나? 그런 소리 듣기 싫으면 내가 소 대신 멍에를 메고 소한테 밧줄을 넘겨주란다. 그러면 나한테 욕 안 한다고."

"그럴 수도 있나요?"

"그럴 수 있긴. 그러면 그게 사람이 소처럼 쟁기를 끌고, 소가 사람을 밧줄에 매어 앞에서 *끄는* 모습인 거지."

"호호. 참, 아버님도……."

그 얘기를 들을 때면 차무집 주인도 그 시절을 생각하듯 너털웃음을 터뜨렸다.

"허허. 이 사람, 며느리한테 별 얘기를 다 하네."

"그래도 얘야, 젊어서 안팎이 논밭에 같이 나가 소를 끌고 할 때가 제일 좋은 때란다."

시어머니의 위로에 새댁은 작은 얼굴에 볼우물이 파이도록 방긋 웃음을 지었다. 차무집 안주인은 며느리의 그런 모습이 안쓰럽고도 예뻤다. 나이는 아들보다 두 살 아래였다. 젊은 내외의 금실도 유달랐다. 한 가지 걱정이라면 새댁의 몸이 시집 올 때부터 그늘에 심어놓은 깨 포기처럼 여리고 약해 보이는 것이었다. 내 집으로 데리고 온 다음 잘 먹이고 잘 거두면 살도 붙고 좋아지겠지 했지만 늘 여리여리한 게 화초 같은 모습이었다.

미륵소는 일도 빨리 배웠다. 새끼도 한 마리 죽이지 않고 잘 낳았다. 그래도 한 마리 죽일 뻔한 일이 있었다. 네 번째 새끼였는데, 낳다가 그런 게 아니라 멀쩡히 잘 키워 저도 새끼를 가질 때가 다 된 다음 죽일 뻔했다. 막내아들이 산에 미륵소와 새끼소를 함께 먹이러 갔다가 새끼소 다리가 부러진 것이었다.

동네 아이들과 산에 소를 풀어놓고 노는데, 어떤 소가 골이 떠나가도록 우는 소리에 다들 놀라 뛰어가보니 새끼소가 두 길쯤 되는 낭떠러지에 떨어져 다리를 버둥거리고 있다고 했다.

"빨리 가봐요, 아버지. 엉엉……."

막내는 숨이 턱까지 차도록 뛰어와 울었다. 아버지와 아들이 논에서 피를 뽑다가 놀라서 달려갔다. 소는 장마 뒤에 모래사태가 흘러내리는 곳을 잘못 디뎌 작은 벼랑 아래로 떨어져 있었다. 벼랑이 높지 않아 몸에는 별다른 상처가 없는데, 왼쪽 뒷다리 발목 바로 위가 꺾인 채 퉁퉁 부어 있었다. 뼈가 부러지며 안으로 살을 찌른 듯 소는 하얗게 눈을 뒤집고 고통스러워했다. 소는 일어서지도 앉지도 못하고 누워 다친 다리를 바르르 떨었다.

"어떻게 해요?"

아들이 아버지에게 물었다.

"뼈부터 맞춰야지. 어디 가서 얼른 버드낭구를 좀 베어와. 전지*를 댈 가래떡만 한 것도 베어오고, 가는 것도 베어오고."

아들은 얼른 집으로 돌아와 낫과 톱을 뽑아들고 냇가로 가 버드나무를 한 아름 베어 산으로 돌아왔다. 다른 나무가 아니라 꼭 버드나무라야 한다고 했다.

"여기 소 다리를 꽉 잡아."

아들은 통통 부어오른 소의 다리를 잡고, 아버지는 부러진 발목을 빨래 짜듯 이리저리 뒤틀며 소뼈를 억지로 맞추었다. 누워 있는 소가 다시 하얗게 눈을 뒤집으며 연신 큰 소리로 신음 소리를 냈다. 지켜보던 동네 아이들도 모두 얼굴을 찡그렸다.

"참어 이눔아. 뭘 잘했다고."

아버지는 부러진 뼈를 억지로 맞춘 다음 굵은 버드나무 가지로 지지대를 대고, 버드나무 껍질을 붕대처럼 소 발목에 친친 감았다.

"이러면 도로 아무나요?"

"그건 두고 봐야겠지만, 예전에 어떤 장수가 과거 시험을 볼 때 말에서 떨어져 다리가 부러졌단다. 그러자 그 장수가 얼른 시험장 옆에 있는 버드낭구 가지를 꺾어 다리를 친친 감고 다시 말 위에 올라 시험을 마저 봤다더라."

* 지지대

"얘기는 들었는데, 저는 그냥 거기에 버드낭구가 있어서 그랬나 했주."

"이 장군이라고 옛날 임진왜란 때 바다에서 왜적을 아주 크게 물리친 장수였단다. 그때도 왜놈들은 난리를 일으켜 남의 나라를 집어먹으려고 했지. 그리고 지금 기어이 나라를 집어먹은 거고."

그건 지난해 경술년(1910년)의 일이었다. 이 나라가 조선 땅이 아니라 일본 땅이라는 것이었다. 나라가 먹힌 다음 강릉 저잣거리에 가면 심심찮게 일본 사람들을 볼 수 있었다.

"이러면 뼈가 붙긴 하나요?"

"애비도 예전에 들은 얘기라 효험이 있는지 없는지는 모르지만, 뼈가 붙고 안 붙고는 그다음 일이고 할 수 있는 데까지는 해봐야지."

아버지는 아들에게 다시 집에 가서 짚 한 짐 짊어지고 오라고 했다. 그걸로 소가 누워 있는 맨땅에 깔아주었다. 다리가 부러진 소를 억지로 일으켜 집으로 데려올 수가 없었다. 개는 부러진 다리를 들고 세 다리로 절룩절룩 걸을 수 있지만 소는 부러진 한쪽 다리를 들고 걸을 수가 없었다. 걷는다 해도 그건 마당에서 외양간까지 짧은 거리일 때였다.

소는 제 몸이 떨어진 낭떠러지 아래에서 버드나무 껍질로 다리를 감고 스무 날 넘게 낮과 밤을 보냈다. 겨울이 아니기 천만다행이었다. 겨울이면 소가 누운 자리를 중심으로 대충 기둥을 세우고 수

숫대를 엮어 바람막이 외양간이라도 지어줘야 할 판이었다. 여름이라도 외양간을 짓기는 마찬가지였다. 한낮엔 누워 있는 소 몸 위에 바로 내리쬐는 해를 가려주고, 비가 오는 날엔 다친 다리에 물이 스며들지 않게 원두막처럼 대충 지붕까지 만들어 이엉을 엮어 덮었다.

산중에서 차무집 젊은 주인은 날마다 꼴을 베어주며 소를 보살폈다. 낮에는 막냇동생이 소를 지키고, 밤에는 젊은 주인이 허술하게 지붕만 덮은 외양간에서 소와 함께 모기에 뜯기며 잠을 잤다. 버드나무 줄기는 사흘마다 바꾸어서 감아주었다. 제 얼굴엔 연신 땀이 흘러도 소 발목의 상처가 덧나지 말라고 쉬지 않고 부채질을 했다. 소는 다친 다리를 길게 뻗은 채 젊은 주인이 베어주는 꼴과 매일 한 차례 새댁이 쑤어오는 콩죽을 받아먹었다.

소가 다리가 부러져 며칠째 산중에 누워 있다니까 아래윗동네 사람들까지 구경을 왔다. 차무집 젊은 주인의 정성을 칭찬하고 격려하는 사람도 있었지만, 나쁘게 말하는 사람들도 있었다.

"암만 그래봐야 헛수고라니까 그러네. 그렇게 해서 붙을 뼈 같으면 애초 부러지지도 않지."

"저렇게 전지를 댔다고 뼈가 붙는다는 보장이 없다니까 그러네. 그냥 두면 살은 살대로 내리다가 결국 죽고 만다니까."

소를 걱정하는 말 같지만 두어 마디만 이어지면 그게 아니었다. 차무집 젊은 주인이 상대하지 않으면 저희들끼리 떠들었다.

"저렇게 전지를 대는 것도 송아지 때 얘기지 저 정도 크면 뼈가 안 아문다고. 덧나기나 하지."

"소가 저렇게 다치면 하루에 살이 얼마나 내리는 줄 아는가? 열 근씩 쑥쑥 빠진다네."

"산중에서 이슬잠을 자며 고생할 거 없다니까. 살이 더 내리기 전에 얼른 잡아서 고기로 파는 게 그래도 손해를 덜 보는 거랄수록 그러네."

아무리 짐승이라지만 다쳐서 누워 있는 목숨 앞에 할 말이 있고 못할 말이 있는 법이었다. 사람들은 그런 말들을 맨땅에 누운 채 두 눈을 끔뻑이는 소 앞에서 했다. 말로는 남의 소라서 하는 말이 아니라지만, 다들 산중에 미리 솥을 걸고 고깃국 한 그릇 들여다보고 하는 말들이었다.

"내가 장에 나가는 길에 푸줏간에 기별해줄까?"

미리 입맛을 다시며 그렇게 말하는 사람도 있었다. 그러고 보면 세상에 사람만큼 잔인한 목숨붙이도 없었다. 차무집 젊은 주인은 사람들이 쓰러진 소를 보러 오는 것이 아니라, 고기 냄새를 맡고 산중까지 몰려오는 것 같다고 생각했다.

실제로 밤이면 이 산 저 산 부엉이 울음소리에 삵과 같은 짐승이 눈에 불을 켜고 저만치 지나다니기도 했다. 삵이 다니면 그 뒤에 더 큰 짐승이 따른다는데 호랑이같이 무서운 짐승은 또 오지 않나 싶어 머리끝이 주뼛 설 때도 많았다.

그래도 차무집 젊은 주인은 끝까지 소를 포기하지 않았다. 아마 한겨울이라면 온돌을 놓고 임시로 지은 외양간에 화로를 놓고서라도 소를 지켰을 것이다. 열흘쯤 지나 버드나무 전지를 풀자 겉으로 덧난 상처 말고는 살 속의 뼈는 많이 아물어 붙은 듯했다.

그런데도 아직 산속에서 편육을 만들 생각이냐고 나쁜 소리를 하는 사람이 있었다. 예전에 그릿소가 올 때 한 달도 안 된 새끼를 억지로 어미와 떼어놓게 하던 사람이었다. 노인이 되어서도 심성은 예전 그대로였다. 누가 뭐라고 하든 젊은 주인은 그런 말들을 한 귀로 듣고 한 귀로 흘려버렸다.

스무 날쯤 산에서 꼴을 베어주고, 이삼일마다 버드나무 껍질을 바꾸어 감아주고, 집에서 콩죽을 쑤어와 먹이며 보살피자 소도 사람의 정성을 아는 듯했다. 안쓰러운 마음에 한참 소를 바라보면 어느 결에 소도 사람과 눈을 맞추고 함께 바라보았다.

스무하루째가 되는 날 소가 자리에서 일어서려고 조심스럽게 다친 다리를 버르적거렸다. 아침에 젊은 주인이 막 꼴 한 짐을 베어왔을 때였다. 전에도 혼자 여러 번 다리를 버르적거린 적이 있지만 지금처럼 일어나려고 몸을 버둥거리며 애를 쓴 적은 없었다.

그것만으로도 여간 반갑지 않았다. 완전하게 낫지는 않아도 거의 다 나았다는 얘기였다. 그러면서도 너무 일찍 일어서려다가 잘 아물어가는 뼈를 덧나게 하는 건 아닌가 걱정스럽기도 했다.

"조심해서……. 조심해서……."

젊은 주인은 숨을 죽이고 그 모습을 지켜보았다. 소는 살이 내려 수척한 모습으로 앞다리의 두 무릎을 꿇고 앉아 자세부터 바로잡았다. 오른쪽 앞다리의 무릎을 세우고 왼쪽 앞다리의 무릎을 같이 세운 다음 잠시 사이를 두었다가 오른쪽 뒷다리에 바짝 힘을 주고 천천히 배를 땅에서 일으켰다. 아직 왼쪽 다리는 땅을 딛지 않았다. 소는 자신을 바라보는 주인을 한참 동안 같이 바라본 다음 조심스럽게 왼쪽 뒷다리를 땅을 디뎠다.

"그래. 조심해서 천천히……."

젊은 주인도 자신의 무릎을 감싸 쥐고 소처럼 왼쪽 다리를 천천히 앞으로 내디뎌보았다. 논밭에서만 소와 사람이 한 몸이 되는 게 아니었다. 아플 때도 한 몸이 되어 소가 하는 말과 소가 하는 동작을 함께 했다. 소는 누웠을 때보다 섰을 때가 더 수척한 모습이었지만 오히려 수척한 게 다친 다리엔 덜 부담스러워 보였다. 소는 제자리에서 서성거리듯 천천히 몇 걸음을 움직였다. 그제야 젊은 주인도 감격한 얼굴로 다가가 소의 등과 어깨를 두드려주었다.

"이눔아, 일어섰구나!"

"무우……."

"그래, 일어섰어. 네가 이렇게 일어섰다구."

처음엔 전지를 댄 왼쪽 뒷다리를 부자연스럽게 움직이더니 그것도 몇 걸음 만에 많이 나아졌다. 주인은 소의 동작 하나하나를 놓치지 않고 지켜보았다.

"자, 이제 그만 앉아라. 한번에 너무 무리하지 말고⋯⋯."

소도 주인의 말을 알아들은 듯 천천히 자리에 앉아 다리를 펴고 누웠다. 아침을 먹고 산으로 온 동생에게 아버지를 모셔오라고 했다. 온 식구가 산으로 왔다. 식구들 앞에서 소는 아까보다 훨씬 나은 모습으로 자리에서 일어나 원두막 같은 임시 외양간을 한 바퀴 돌았다.

"그래. 일어섰구나."

차무집 주인도 환한 얼굴로 소의 어깨와 등을 주물렀다. 스무 날 넘는 걱정과 고생 끝의 낙이었다. 소는 그날 종일 틈만 나면 일어섰다가 앉았다가 했다.

소는 다음 날도 종일 혼자 앉았다 일어섰다 하며 걷는 연습을 했다. 집까지 가야 한다는 걸, 그리고 그게 지금 몸으로서는 제법 먼 길이라는 걸 스스로 아는 것 같았다. 그렇게 연습을 한 다음 소는 서쪽으로 해가 기우는 저녁 무렵에 신부가 시댁 마당까지 가마를 타고 와 걸음을 옮기듯 한 발 한 발 조심스럽게 걸어 집으로 돌아왔다.

중간에 두 번 스스로 걸음을 멈추고 앉았다가 일어섰다. 젊은 주인은 소가 걷는 걸음마다 꽃이라도 따서 뿌려주고 싶은 심정이었다. 산속에 누워 있는 동안 다친 다리 때문에 애를 쓰느라 살이 많이 내리긴 했지만 소는 살아서 다시 외양간으로 돌아왔다.

"참내, 한동네 살면서 고깃국 좀 얻어먹나 했더니만 멀쩡히 잘 걷

네야."

그래서 정말 서운하다는 건지, 아니면 그런 농담을 해도 좋을 만
큼 함께 기쁘다는 건지, 살아서 돌아오는 소를 보고 그렇게 말하는
사람도 있었다.

"너는 이제 우뚝이다. 다리가 부러져 쓰러진 다음에 우뚝 일어났
으니 우뚝이가 맞지."

"아니다, 형님. 옛날에 왜놈들을 물리친 장군처럼 버드낭구 줄기
를 감고 일어섰으니 버들이라고 불러야지요."

젊은 주인은 소가 살아서 돌아온 기쁨도 기쁨이지만, 그날 버들
이가 살아 돌아왔을 때 버들이를 맞이해주던 미륵소의 모습을 후
에도 오래 잊을 수가 없었다. 자기 몸으로 낳은 새끼라도 이미 어미
몸만큼이나 덩치가 커진 새끼인데 버들이 외양간 안으로 들어서자
미륵은 반가워서 어쩔 줄 모르는 모습으로 송아지를 핥아줄 때처
럼 버들의 얼굴과 목덜미와 어깨를 핥아주었다. 소들은 암만 자기
새끼라도 어느 정도 자라면 여물을 놓고도 다툴 만큼 서로 남처럼
지내는데 그날 미륵은 수시로 고개를 돌려 옆에 버들이 있는 것을
확인하고 또 몸을 핥았다.

"그래서 예부터 소가 사람을 가르친다고 했던 게야."

차무집 주인도 그 모습을 흐뭇하게 바라보았다.

부엌과 붙은 외양간을 크게 늘려 지은 것도 버들이 때문이었다. 보통 소가 심하게 앓거나 다쳤다가 나으면 얼마 동안 잘 먹여 얼른 시장에 내다 팔았다. 수소라면 어차피 살소로 파는 것이니 얼마든지 그럴 수 있지만, 암소인 버들이는 그럴 수도 없었다.

판다 해도 누군가 그 소를 사갈 때는 해마다 새끼를 낳으며 일소로 부리기 위해 사가는 건데 발목까지 부러졌던 소를 아닌 척하고 내다 팔 수가 없는 것이었다. 그건 차무집 주인의 심성이 바르고 어질어서만이 아니었다. 버들이를 팔기 위해 장판으로 끌고 간다면 우시장 말뚝에 소를 매기 전에 소문이 먼저 장판에 확 돌고 말 것이었다.

암소지만 고기소로 파는 게 아니라면 버들이는 차무집에서 키울 수밖에 없는 소였다. 그렇다고 버들이 대신 미륵소를 시장에 내놓을 수도 없는 노릇이었다. 미륵소는 젊은 주인 내외가 결혼하던 해 봄부터 일 년 동안 공을 들여 일을 가르친 소였다. 처음 배우는 일이지만 쟁기를 끄는 모습이 너무도 성실하고 듬직해 이름까지 미륵이라고 붙인 소였다. 차무집 주인도 아들에게 그 소를 팔자고 말할 수 없었다. 천상 외양간을 늘릴 수밖에 없는 일이었다.

"그래, 외양간을 늘리면 그게 집안에 재물을 늘리는 일이지."

그러자면 남의 농토라도 소작을 더 많이 지어 볏짚을 더 많이 쌓아두어야 했다. 소를 늘리는 일은 그냥 소의 머리만 늘리는 것이 아니라, 겨울철에 그걸 거두어 먹일 먹이까지 계산해야 하는 일이었다.

다리를 다치던 첫해엔 버들은 쉬고 미륵만 들일을 했다. 그러나 언제까지 한 외양간에서 어느 소는 늘 일을 나가고 어느 소는 종일 들어앉아 마른 짚을 우물거리며 놀게 할 수는 없었다. 그건 사람이 봐도 옳지 않고 소가 봐도 옳지 않은 일이었다. 다리를 다치던 해엔 쉬었지만 이듬해부터는 버들이도 어미를 따라 들일을 나갔다.

그래서 우추리에 버들이 때문에 달라진 밭갈이 풍경 하나가 생겼다. 미륵과 미륵의 새끼 버들이가 우추리에서는 처음으로 함께 쌍멍에를 지고 밭을 갈았다. 대관령 너머 영서에서는 더러 그렇게 하지만 우추리에서는 차무집의 젊은 주인이 처음이었다. 한 마리가 쟁기를 끄는 것은 호리라고 하고, 두 마리가 끄는 것은 겨리라고 했다. 두 마리가 끄는 만큼 경사진 밭과 돌밭도 한 마리가 끌 때보다 깊이 갈 수 있었다.

미륵은 암소인데도 힘이 장사였다. 버들이도 전에 다리를 다치긴 했지만 힘에서라면 어미에게 조금도 밀리지 않는 장사였다. 일을 배운 다음 해부터 미륵과 버들은 저마다 호리로도 밭을 갈고, 마치 온 동네에 두 마리의 소가 호흡을 맞춰 밭을 가는 새로운 방식의 밭갈이 시범을 보이듯 겨리로도 밭을 갈았다.

차무집 막내아들의 말을 빌리면 그것은 다리를 다친 다음 우뚝 일어선 버들의 힘이 아니라 임진왜란 때 나라를 구한 큰 장군이 있게 한 버드나무의 힘이었다.

워낭을 찾아
돌아온 소

화둥불소는 버들소의 세 번째 새끼였다.

이제 조금씩 복잡해지기 시작하는 이들의 가계를 따져보면 다음과 같다.

병술년(1886년) 그릿소가 차무집으로 왔다.

무자년(1888년) 그릿소가 차무집의 첫소 흰별을 낳았다.

계유년(1903년) 흰별이 열두 번째 새끼 미륵을 낳았다.

병오년(1906년) 흰별이 금우궁으로 귀소했다.

기유년(1909년) 미륵이 네 번째 새끼 버들을 낳았다.

갑인년(1914년) 버들이 세 번째 새끼 화둥불을 낳았다.

이해에 나라 안으로 숨 가쁜 일들이 많았다.

해가 바뀐 1월에 대전-목포 간의 호남선이 완성되고, 4월에 관부 연락선 신라마루가 취항했다. 일본 배인데도 그런 이름을 붙인 것은 이제 일본과 조선이 같은 나라라는 뜻이었다. 먼저 배들의 이름은 제 나라의 섬 이름을 딴 이키마루와 쓰시마마루였다. 전국 각지에서 여러 명의 독립의병장이 사형당하거나, 유배당하거나, 옥중에서 자결하거나, 국경 너머로 망명하여 만주에 새로운 독립군 기지를 닦았다.

토지대장규칙과 하천부지와 물에 대한 규칙도 공포되고, 아이 낳는 일을 돕는 조선산파규칙과 조선산파시험규칙도 공포되고, 인력거를 끄는 일에 대한 규칙도 공포되었다. 산과 강과 땅과 눈에 보이는 물건들이 모두 다 법령의 대상이고 그 위에 살아 숨쉬는 것이면 모두 단속의 대상이 되었다.

8월에 서울-원산 간의 경원선이 완성되었다. 강릉에서 원산에 다녀온 사람들의 얘기로 원산은 벌써 일본의 관공서와 건물들이 많이 들어섰다고 했다. 일본인들만 사는 마을도 있어 거기는 일본의 한 동네 같더라고 했다.

"간대루?"*

사람들은 얼른 믿으려 하지 않았지만, 원산은 조선 동쪽의 가장 큰 항구였다. 함경도와 강원도로 들어가는 물자와 사람이 이곳을 통해 드나들었다. 서울까지 기찻길도 놓였다. 일본에서 부산과 인천을 통하지 않고도 사람과 물건이 서울로 들어가고 또 빠져 나갔다. 사람들은 보리나 귀리, 감자조차 귀해 하루 세 끼를 두 끼로 줄이는데 어디서 나오는 것인지 연일 조선의 입쌀들이 가마니째 산처럼 일본 배에 실렸다.

소와 관계된 일로는 이해 가을, 쇠고기가 부족한 러시아에 조선의 소를 수출하기 위해 함경도 경흥에 새로 우시장이 개설되었다. 살아 있는 소는 남쪽에서 북쪽으로 올라가고, 죽은 말가죽과 소가죽은 북쪽에서 남쪽으로 내려와 이곳이 제법 흥청거렸다. 그러자 소와 돈을 빼앗기 위해 마적 떼가 수시로 침입하였다.

그러나 이런 여러 일들이 우추리 사람들에게 내 일처럼 피부로 다가오지는 않았다. 그해 우추리 사람들이 오래 얘기했던 것은 먹고살기 어려운 한 집이 경흥보다 더 먼 두만강 너머 간도로 새 터전을 찾아 떠난 일에 대해서였다. 지난해 다 쓰러져가는 오막살이에서 세상을 뜬 물감나무집 영감의 식솔들이었다.
나이 든 사람들은 예전 병술년 정초 농한기에 장난처럼 놀았던

* 설마

096

닭추럼이 큰 노름으로 번져 끝내 한 집안이 거덜 나고 만 일을 얘기했다. 벌써 삼십 년이 다 되어가는 일인데도 그것의 그늘과 주름은 깊고, 사람들의 경계는 어제 일처럼 새로웠다. 사람들은 여전히 눈 내린 날 마당의 닭들이 물감나무집 기둥을 쪼아 이제 그 자손들이 두만강을 건넜다고 말했다. 예전에 물감나무집이 살던, 마당 가에 두 그루의 물감나무가 있는 집은 오래 전 주인이 바뀌고 또 바뀌어 지금은 당두집(그릇소 주인집)의 둘째 아들이 이사를 와 살고 있었다.

나라 바깥의 일들도 숨 가쁘게 돌아갔다. 특히 여름의 일이 그랬다. 오스트리아의 황태자 부처가 사라예보에서 두 명의 세르비아인에게 총격으로 암살되면서 제1차 세계대전이 시작되었다. 오스트리아와 독일이 동맹국이었고, 영국과 프랑스 러시아가 연합국이었다. 이 와중에 일본도 독일에 대해 총 한 발 쏘지 못할 선전포고를 하고, 서울의 독일영사관과 인천의 독일상무관을 폐쇄했다.

이런 일들 역시 우추리와는 아무 상관이 없었다. 이런 일들이 있는지조차 모르게 여름은 덥고, 논밭에 뽑아야 할 피들은 많았다.
화둥불소가 태어난 건 그해 가을 추석 명절을 쇠고 나서였다. 송아지는 차무집 젊은 주인이 받았다. 수송아지였다.
"어이구, 이놈 아주 무찔한기요."*

"야야라, 사람하고 소는 들어보고 그런 소리 하는 법이 아니래."

"지난해 놈보다 확실히 실한데요."

이해에 태어난 소들이 모두 세상 안팎의 모습을 닮은 것은 아닐 텐데, 화둥불소는 이제까지 차무집 외양간에서 태어난 소들 가운데 가장 부산스럽고 거칠었다. 어미 몸에서 뚝 떨어진 다음 짚 더미 위에 올려놓자마자 어미가 제 몸을 핥을 사이도 없이 곧바로 일어나 아직 양수가 줄줄 흐르는 몸으로 어미젖을 찾아 물었다.

"허허, 녀석……. 이다음 부사리 꽤나 치겠는걸."

떡잎을 보면 나무를 안다고 외양간 바깥에서 지켜보던 차무집 주인이 빙긋이 웃었다. 못된 송아지 엉덩이에 뿔 난다는 말이 딱 맞았다. 송아지일 때부터 벌려놓은 저지레가 여간 아니었다. 코뚜레를 하기 전까지 별명이 놀부였다.

제일 처음 저지른 작폐가 외양간에서 뛰쳐나와 남의 집 울타리를 뚫고 뒤란으로 들어가 장독을 깨어놓은 일이었다. 다행히 간장이나 된장이 든 항아리가 아니라 장을 비운 다음 물을 부어 속을 우리던 항아리였다.

외양간 안에서도 장난이 여간 심하지 않았다. 제 어미 버들소의 젖만 빠는 게 아니라 심심하면 제 할머니 미륵소의 젖통 밑에도 머리를 디밀다가 한 방씩 걷어차이곤 했다. 그러면 그걸로 끝나는 게

* 무거운데요

098

아니었다. 자기가 걷어차였으면 자기도 한 번 남을 걷어차야 직성이 풀렸다. 머리로 미륵소의 옆구리를 들이받기도 하고, 뒤로 돌아 냅다 옆구리를 걷어차기도 했다. 아마 사람이었으면 동네에서 멍석말이를 당하고 말았을 녀석이었다.

태어난 지 한 달도 안 된 애송아지 때 마당에 말리려고 펼쳐놓은 매운 고추를 우적우적 씹기도 하고, 마당가를 돌아다니는 닭들을 울 밖으로 쫓는 장난도 자주 쳤다. 차무집 외양간에서 태어난 소 중에 코뚜레도 가장 먼저 했다. 그러지 않고는 송아지 때부터 당해낼 장사가 없었다.

"허허, 녀석. 저렇게 부사리를 쳐서 뭐가 될지."

차무집 주인은 이따금 그게 소라는 것을 잊고 그렇게 말할 때가 있었다. 이웃집 장독을 깨고 왔을 때도 그랬다.

"뭐가 되긴요. 수송아지니 황소가 되겠주."

그러곤 주인 내외가 함께 웃었다. 그러나 그렇게 부사리를 치다가도 젊은 안주인만 보면 기가 막히게 말을 잘 들었다.

"놀부야. 이리 와."

젊은 안주인이 풀 한 줌 집어들고 강아지 부르듯 부르면 냉큼 다가와 풀을 받아먹었다. 더러 그런 송아지가 있는데 사람들은 그걸 눈을 맞춘 송아지라고 했다. 그러나 송아지가 아무리 순해도, 또 어미 배 속에서 나올 때 손으로 안아 첫눈을 맞춘 사이라도 사람이 오라면 오고 가라면 가는 송아지는 드물었다.

아마 새댁이 부엌에서 일을 하고 송아지가 외양간에서 이쪽을 바라보다가 어느 순간 소의 영혼이 새댁에게 건너오듯 눈을 맞췄던 것인지 몰랐다. 어미가 부르면 안 가도 젊은 안주인이 오라면 저만치 섰다가도 고개를 주억이며 겁 없이 다가왔다. 젊은 안주인이 우물에 나가 물을 길러오면 뒤를 졸졸 따라오다가 어느새 옆에 와서 자기를 봐달라고 머리로 새댁 엉덩이를 툭툭 치기도 했다.

"참 별일일세. 정말 눈을 맞춘기다야."

그 모습을 보고 동네 아낙들이 차무집 젊은 주인에게 새댁 간수 잘해야 되겠다고 말했다. 열여섯 살에 시집와 팔 년이 넘었는데도 새댁은 아직 아이가 없었다. 안팎 어른들이 새댁의 몸이 약해서 그런 게 아닌가 적잖이 걱정하고 있었다. 지지난해 장가를 들어 살림을 난 막내아들도 봄에 첫딸을 낳았다.

새댁을 따르는 것 말고도 송아지가 기가 막히게 잘 구분하는 것 한 가지가 있었다. 외양간 안에 있을 때나 밖에 있을 때나 제 어미 버들소와 할미 미륵소의 워낭 소리를 귀신처럼 구분하는 것이었다. 예전에 흰별이 달았던 워낭을 버들이 달고 있었다.

워낭은 보통 코뚜레를 하여 어미와 완전히 독립하면 달아주었다. 도둑이 들면 그 소리로 얼른 눈치를 챘다. 소도둑도 남의 외양간에 들 때 수건으로 워낭부터 감싼 다음 고삐를 풀었다. 그러나 제일 요긴하게 쓰이는 건 산에 소를 먹이러 가서였다. 산속에 그냥 풀어놓아도 워낭 소리로 소가 어디에 있는지 알았다.

부엌에서 곡간으로 통하는 문에도 워낭과 똑같은 종을 달아놓았다. 같은 종인데도 소의 목에 달면 워낭이 되고 곡간 문에 달면 풍경*이 되었다. 안주인이 곡간 문을 여닫을 때마다 송아지는 외양간에서 다른 짓을 하다가도 귀를 쫑긋 세워 그 소리를 듣곤 했다.

"쟤가 이 풍경을 아나 보네."

"그러게요. 젖을 빨다가도 곡간문만 열면 빤히 이쪽을 봐요."

마당 안팎에 작폐도 많이 했지만, 젊은 안주인을 잘 따라 귀여움도 많이 받았다. 그러나 다른 암소들처럼 차무집 외양간에서 오래 살지 못했다. 수송아지들은 대개 젖을 떼거나 코뚜레를 하면 살소를 키우는 집으로 팔려갔다.

봄이 되어 놀부도 이제 차무집을 떠날 때가 되었다. 그날 새댁은 이제 아주 먼 길을 떠나는 놀부에게 콩과 밀기울을 듬뿍 넣어 새벽 여물을 쑤어주었다.

"가서 잘 커. 장독 깨서 야단 듣지 말고, 금우궁에도 빨리 가지 말고……."

마당을 떠날 때도 한차례 부사리를 쳤다. 코가 찢길 만큼 고삐를 틀어잡고 당겨도 사립문 앞에서 꼼짝을 않는 것이었다. 그때에도 새댁이 나와 목덜미를 어루만지며 이제 잘 가라고 인사를 해서

* 풍경

야 간신히 마당을 나섰다. 가면서도 연신 발광이었다.

옛날에 명마들이 따로 임자가 있었던 것처럼 소도 특별한 경우 따로 임자가 있는가 보았다. 차무집 주인이 끌고 가는 송아지를 보고 첫눈에 쓰임새를 알아본 사람이 있었다. 우추리에서 강릉 저잣거리로 나가는 길목에 사는 우차집 주인이었다. 그는 아버지 때부터 우차를 끌어 제법 돈을 만지고 사는 사람이었다. 이른 아침 장에 송아지를 끌고 나가는데 우차집 주인이 자기 집 마당을 어정거리다가 길 위에서 사람 애를 먹이는 송아지를 보고는 대번에 밖으로 나와 길을 막아섰다.

"팔러 가는 송아지요? 그러면 장에까지 나갈 것 없이 나한테 파슈."

"이런, 길에서야 금이 어디 제대로 서겠수?* 많이 받든 적게 받든 장에 가야 제대로 금이 서지."

"나도 소를 부리는 사람이라 금을 대충 아우. 이거 장에 가서 매놔도 쌀 두 가마니 반은 절대 넘지 못하우. 많이 받아야 두 가마니에 두 말 더하거나 두 말 반 더하는 정도지 서 말까지 더해서 이 송아지 사겠다는 사람도 아마 없을 거요."

"그래서요?"

"길 위에서 하는 흥정이니 서로 쉽게 합시다. 집에서 끌고 나올

---

* 값을 제대로 받겠수?

때 얼마를 주면 넘기겠다, 하는 요량이 있었을 텐데 그게 두 가마니 반이 넘으면 그냥 장에 끌고 가고, 그 안쪽이면 받고 싶은 금을 말하시우. 두 가마니에 너 말까지는 내가 누가 더 이익이고 손해인지 따지지 않고 그냥 길 위에서 이 송아지를 사리다. 내가 이놈이 마음에 들어서 하는 얘기요."

"허허, 당신이 혼자 흥정하고 혼자 금을 다 말하는구랴."

"소뿔도 단김에 빼랬다고 흥정이라고 뭐 다를 게 있겠소. 돈으로 달라면 싸전에서 맡는 값**으로 지금 드리고, 쌀로 달라고 하면 강릉 어느 싸전에서든 바로 찾을 수 있게 표를 끊어주겠소. 대충 알겠지만 나도 여기저기 싸전마다 짐을 많이 싣고 다녀서 그 정도 신용은 되는 사람이우."

"당신이 이 송아지 임자가 맞는갑소. 오늘 당신과 처음 얘기해보오만, 이놈 성질이 꼭 당신처럼 시원시원하우. 아마 그래서 당신 눈에 든 모양이우."

"홧홧홧. 그럼 내가 이놈을 제대로 본 게 맞소."

우차집 주인은 자기 집 외양간에 송아지를 옮겨 매며 일 년 후엔 이 송아지가 강릉 장판에서 수레를 가장 잘 끄는 소가 될 거라고 했다.

"두고 보시우. 앞으로 멋진 소 하나 장판에서 볼 기요."

** 쌀가게에서 쌀을 사들이는 가격

지금 부리고 있는 소는 수레를 맡은 지 십이 년이 넘어 경험은 많지만 작은 언덕을 오를 때도 힘에 부치는 것 같다고 했다. 그래서 뒤를 이을 송아지를 찾으러 여러 번 장에 나가봤는데 당최 눈에 들어오는 게 없던 차에 놀부를 본 것이라 했다.

"수레를 끄는 소는 쟁기를 끄는 소하고는 또 달라서 순하기만 해서는 안 되고, 애초 이런 놈을 골라 내 손으로 키워 훈련시켜야 같은 짐을 신고도 언덕을 평지처럼 오르내리는 법이라우."

"그래, 놀부야. 잘 커서 이다음 장판에서 자주 보자. 보면 모른 척하지 말고 나 술도 좀 받아주고. 허허……."

소를 끌고 온 차무집 주인도 송아지를 살소를 키우는 집에 파는 것보다 앞으로 십 년도 넘게 수레를 끌 우차집에 맡기고 돌아서는 게 한결 마음이 놓였다.

시간이 흘러 놀부가 큰 소로 자라 우차를 맡자마자 차무집을 다시 찾아온 적이 있었다. 팔려간 지 일 년이 훨씬 지난 다음 해 여름이었는데, 골아우 씨소만큼이나 큰 황소가 불쑥 마당으로 들어왔다.

바깥사람들은 논에 나가고, 집에는 여자들밖에 없었다. 안주인은 부엌에서 논에 내갈 새참으로 감자를 찌고, 새댁은 집 뒤 채소밭에 가 저녁에 쩌 먹을 호박순을 뜯었다. 그때 황소가 마당으로 뛰어든 것이었다. 여름이라 이쪽저쪽으로 바람이 통하라고 집 안의 문들을 활짝 열어놓았는데, 황소는 제가 나고 자란 외양간 쪽을 흘깃 바라보고는 바로 부엌으로 들어왔다.

"에구머니나……."

소가 머리를 디밀고 들어오자 안주인은 깜짝 놀라 뒤로 엉덩방아를 찧었다.

"음무우……."

"야야라! 여기 와봐라."

안주인은 다급하게 며느리를 불렀다. 새댁은 얼른 뒷문을 통해 부엌으로 달려왔다. 부엌 앞문 쪽에 커다란 황소가 들어와 섰는데, 그 모습이 조금도 낯설거나 무섭지 않았다. 오히려 마음속으로는 네가 왔구나, 하고 반갑기까지 했다. 코뚜레를 한 중송아지로 마당을 나섰는데 어느새 세상 거칠 것 없는 화둥불소로 자라 있었다.

"어머니는 이쪽 문으로 나가 계세요."

안주인이 주춤주춤 물러서듯 뒷문으로 나가고 부엌에는 황소와 새댁이 마주 보고 섰다. 부엌과 한 공간으로 통하는 외양간에 앉아 되새김질을 하던 미륵소와 버들소도 자리에 일어나 부엌의 낯익은 침입자를 바라보았다.

"무우……."

버들소가 불러도 황소는 외양간 쪽은 아는 척도 않고 곡간 쪽으로 걸어와 거기에 머리를 대고 뿔로 자꾸 곡간 문을 밀었다.

"대체 저게 누구 집 소나? 누구 집 소가 남의 집 부엌에 뛰어든 게야?"

뒷문에서 안주인이 물었다.

"전에 우리 집 놀부 같은데요. 그게 커서 찾아온 거예요."

"뭐이라? 그게 왜 왔는데?"

소는 다시 곡간 문에 제 머리를 문질렀다. 새댁의 머리에 빠르게 떠오르는 게 있었다.

"혹시 핑겡 때문에 온 게 아닐까요?"

"뭐시? 핑겡?"

"예. 그걸 달라고 온 거 같은데요. 전에도 왜 그게 울리면……."

"참 별일도 많네."

"어떻게 할까요?"

"떼어줘라, 그까짓 거. 떼어주고 얼른 내보내. 어디 소가 남의 부엌에……."

그래, 이제는 남의 집이었다. 소도 남의 집 소였다. 그러나 젊은 안주인은 조금도 그렇게 생각되지 않았다. 조심스럽게 한 발 한 발 황소 앞으로 다가갔다.

"옳지, 그래, 가만가만……."

그러자 소도 동작을 멈추고 다가오는 새댁을 바라보았다. 그때 마당 밖에서 왁자지껄 사람소리가 들렸다. 아마도 소를 찾으러 온 사람들 같았다.

"어머니, 뒤로 나가셔서 사람들을 조용히 시키세요. 소가 놀라지 않게요."

그 말에 안주인이 얼른 뒤란을 돌아 마당으로 나갔다. 소가 부엌에서 놀라면 집안의 살림살이가 다 부서지고 말 것이었다. 장정 두 사람이 지게작대기만 한 몽둥이를 들고 소를 찾아 마당을 두리번 거리고 있었다. 그 뒤에 또 한 사람이 마당으로 들어왔다.

"어이구, 놀라게 해서 죄송스럽소야. 지는 장판에서 우차를 끄는 사람인데, 소를 찾으러 온 기요."

"아니까 다들 조용히 하시우. 조용히 하면 소가 나올 테니 다들 작대기 치우고 저쪽에서 기다리시우."

안주인은 사람들을 마당 저쪽으로 몰았다.

부엌에서는 새댁이 소를 달랬다.

"니 이거 때문에 왔나?"

새댁이 곡간 문을 열자 잘랑, 하고 종이 울렸다. 새댁의 말을 알아듣듯 화둥불소는 머리를 주억거렸다. 뿔도 적잖이 자라 있었다. 몸이 다 자라도 뿔은 계속 자랐다. 앞으로 더 멋진 모습이 될 것이었다.

"그래, 그간 잘 있었나? 이렇게 클 줄 몰랐는데."

새댁은 곡간 문 안쪽에 달아놓은 종을 끌렀다. 그리고 그걸 화둥불의 귀에 대고 두 번 흔들었다. 소는 가만히 종소리를 들었다. 외양간의 소들도 어안이 벙벙한 모습으로 구유 너머로 이쪽을 바라보았다. 화둥불은 목 오른편에 이미 워낭을 달고 있었다.

"그럼 이건 여기에 달자."

새댁은 화둥불의 목 왼편에 종을 달아주었다. 곡간 문의 평겡이 이제 워낭으로 바뀐 것이었다. 워낭을 다는 동안에도 화둥불이 머리를 움직여 연신 잘랑잘랑 소리가 나게 했다. 외양간의 소들도 화답하듯 워낭을 울렸다.

"야야라. 아직 덜 됐나?"

밖에서 안주인이 물었다.

"다 되었어요."

새댁은 화둥불의 목에 워낭을 달고 다시 머리와 목덜미를 어루만져주었다.

"나가기 전에 여기 어머니 할머니한테도 인사하고."

그 말을 알아듣듯 화둥불이 구유 쪽으로 다가가 이쪽으로 머리를 내민 버들소의 코에 제 코를 대고, 다시 미륵소 앞에 가서도 같은 동작으로 코를 대고 흠흠, 콧김을 뱉었다. 다시 세 개의 워낭이 잘랑거리며 부엌과 외양간에 울렸다.

"자, 나가자."

새댁은 한 손으로는 화둥불의 고삐를 잡았다. 그런데 또 한 개의 고삐가 반대편 쪽으로 코뚜레에 묶여 있었다. 그건 아주 드문 일이었다. 평소에도 쌍고삐를 매고 있었다는 뜻이었다.

"이제 보니 거기 가서도 말을 여간 안 들은 게 아니구나. 이 평겡 때문에 틈만 나면 이쪽으로 뛰어오려고 애쓰고."

그 말에 화둥불은 다시 위아래로 머리를 주억거렸다. 새댁은 남

은 한쪽 고삐도 마저 사려 쥐고, 또 한 손으로는 코뚜레를 잡은 채 천천히 부엌에서 화등불을 몰고 마당으로 나왔다. 마당 저쪽에 섰던 사람들이 그 모습에 놀라 엉거주춤 동작을 멈췄다. 아무리 이곳에서 낳은 소라고 하지만 저렇게 다 자란 황소가 옛집을 찾아와 부엌에 뛰어든 것도 놀랍고, 그것을 젊은 새댁이 순한 양처럼 다스려 데리고 나오는 것에 대해서도 다들 놀란 얼굴들을 했다.

"핑겡에 대해 어머니가 말씀하셔요."

"아니래. 니가 얘기해라."

새댁은 우차집 주인에게 이 소가 어릴 때부터 부엌 곡간 문에 달아놓은 풍경을 좋아했던 것에 대해 말했다.

"오늘도 아마 그것 때문에 왔을 기래요. 왼편 목에 달아주었으니 앞으로도 떼지 말고 그냥 그대로 달아주면 지금보다 한결 말을 잘 들을 기래요. 그리고 집으로 데리고 갈 때도 그렇고, 가서도 몽둥이로 다스리지 말고 이 핑겡으로 잘 달래고 어르세요. 이제 전보다 말을 잘 들을 기래요."

"하이구, 고맙수야."

우차집 주인이 새댁으로부터 고삐와 코뚜레를 넘겨받았다. 또 한 사람이 반대편으로 다가와 나머지 고삐를 잡았다.

"안엣분들이 많이 놀라셨주? 지가 일간 한 번 인사를 올기요."

우차집 주인이 인사를 했다.

"잘 가, 놀부야. 일도 잘하고. 그래야 오래오래 있지."

새댁이 떠나는 화둥불소의 목덜미를 어루만지듯 두드려주었다. 다른 사람들은 보지 못해도 화둥불소는 새댁의 눈가에 이슬처럼 살짝 맴돌며 번지는 물기를 보았다.

"음무우……."

소가 마당을 나서며 인사를 했다.

며칠 후 인편에 쌀 한 말과 종 하나가 차무집으로 왔다. 새 종이 아니라 전에 쓰던 종인 것으로 봐 화둥불이 먼저 달고 있던 워낭인 것 같았다. 새댁은 멀리 떠난 피붙이의 물건을 받듯 두 손으로 화둥불의 워낭을 꼭 쥐어보았다.

'그래, 나도 이 소리를 들으며 너를 그리워하마.'

새댁은 곡간 안에 들어갈 일이 없을 때에도 자주 곡간 문을 열어보았다. 그때마다 풍경이 음무우……. 하는 화둥불소의 울음소리처럼 울렸다. 풍경이 울리면 외양간의 두 소도 다른 짓을 하다 멈추고 이쪽을 바라보았다. 그들도 소리로 화둥불의 존재를 느끼는 것 같았다.

독립군
화둥불소

　차무집 새댁이 첫 아이를 낳은 것은 온 나라에 만세운동이 있었
던 기미년(1919년) 오월의 일이었다. 강릉 저잣거리와 면소 앞에서
는 삼월과 그 이후에 만세가 있었던 것 같은데 그 일도 대관령 아
래 우추리엔 전해진 게 없었다. 만세는 북일리와 북이리 사람들이
앞에 나와서 이끌었다고 했다. 그들의 이름과 집안에 대해 들었지
만 차무집 큰주인도 젊은 주인도 모르는 사람들이었다.

　아이를 낳은 건 결혼한 지 꼭 십삼 년 만의 일이었다. 새댁의 나
이 스물아홉 살이었다. 딸이었다. 아무렴 본인들보다 더 반가워한
사람이 있으랴만, 새댁보다 더 좋아 덩실덩실 춤이라도 추고 싶은
사람은 차무집 안주인이었다. 삼신이 늦게 기별을 준 아이가 아들
이 아니고 딸인 게 조금 섭섭했어도 며느리에겐 이렇게 말했다.

"이제 두고 봐라. 니 나이 젊으니 낳고 또 낳고 할기다."

그간 외양간의 사정도 크게 변하지 않았다. 해마다 새끼만 잘 낳으면 일소들은 오래 외양간을 지켰다. 미륵소는 열세 번째의 새끼를 낳았지만 아직 힘이 셌고, 버들소는 여덟 번째의 새끼를 낳았다. 두 소는 여전히 호리와 겨리로 동네 사람들의 이목을 끌며 논밭을 갈았다. 이제 버들소를 시장에 내놓는다면 여덟 마리의 새끼를 낳은 버들의 나이 때문에 거간꾼이나 매입자가 탐탁찮게 여길지는 몰라도 부러졌던 다리 때문에 흠잡을 사람은 없을 것이다. 그러나 이제는 차무집 주인이 내놓지 않았다.

강릉 저잣거리에 쌀짐과 볏짐과 소금짐과 나뭇짐을 끌고 다니는 화둥불도 이따금 장에 나온 차무집 주인과 마주칠 때가 있었다.

"그래. 요즘도 핑겡 값 잘 하고 있나?"

차무집 주인이 알은체를 하면 화둥불도 반갑다고 워낭을 울렸다.

"이눔이 참 영물이우. 기운을 쓸 때는 불끈거려도 이젠 서로 고삐를 안 잡아도 믿을 만해서 일을 마치고 나면 나하고 술도 한 잔씩 하는 기요 뭐."

우차집 주인이 말했다.

"소하고 말이우?"

"요새 내가 이틀 걸러 하루씩 도가에서 나온 술을 받아 저잣거리 주막에 나르는 일을 하는데 그 일 끝나고 나면 둘이 한 사발씩 하고 집으로 온다우. 허허."

그런 화등불소가 끝내 큰일을 저지르고 말았다. 만세사건이 있은 다음 해인 경신년(1920년) 단오 때의 일이었다. 강릉은 예부터 단오를 가장 큰 명절로 쳤다. 아이들에게 설빔과 추석빔은 못 해 입혀도 단오빔은 꼭 해 입혔다. 봄철에 갖가지 씨앗을 부치고 모내기를 끝낸 다음 대관령의 국사성황신을 여성황신과 합궁시키고, 닷새 낮과 밤 동안 굿을 하고, 여러 가지 놀이를 벌이며 놀았다.

이해에도 단오가 되자 많은 사람들이 단오장으로 몰려나왔다. 해마다 여자들은 어느 동네 여자가 그네뛰기에서 일등을 해 무쇠솥을 타 가는지 관심을 모았고, 남자들은 황소를 걸고 벌이는 씨름판의 결과를 가장 궁금하게 여겼다. 실제로는 이제 막 뿔이 솟기 시작하는 중송아지였지만 소의 크기가 문제가 아니었다. 그보다 작다 해도 씨름판에서 탄 소의 의미는 동네마다의 씨소보다 더 큰 황소의 영예였다.

예전부터 단오 비용을 관가에서 대주는 것이 아니라 단오 한 달반 전부터 마을 농악대들이 집집마다 걸립을 돌며 한 줌씩 쌀을 걷어 마련했다. 서로 알아서 있는 집은 많이 내고 없는 집은 덜 냈다. 안 낸다고 뭐라 하지도 않았다. 동네는 동네대로, 저잣거리는 저잣거리대로 쌀을 모아 다시 그것을 한곳에 모았다. 마을마다 단오 보름 전부터 씨름꾼을 뽑고, 동네 어귀에 그네를 맸다. 전날엔 일부러 장정들을 경포호수로 보내 창포를 베어와 머리를 감으라고 집집마다 나누어주었다.

밤낮으로 이어지는 굿당에도, 씨름판에도, 그네터에도, 예전에 관가의 노비들이 펼치던 가면극 연희장에도 사람들이 모여들었다. 닷새마다 열리는 장날엔 분과 연지와 수실을 파는 가게조차도 여자들은 드물고 남자들만 이 거리 저 거리 넘쳐나지만 단오가 되면 거리 풍경이 달라졌다.

굿당과 그네터야 당연히 여자가 더 많았고, 관노가면극이 펼쳐지는 연희장에도 남자들보다 여자들이 더 많았다. 씨름판조차도 함성은 남정네들 것이지만 그 뒤에 꿀딱 넘어가는 숨소리는 여자들 것이었다. 단오장에 포렴을 건 국밥집들과 국수집들도 점심때면 동네별로 함께 나온 여자들이 더 많이 자리를 차지했다. 일 년에 한 번 여염집 여자들이 바깥 눈치를 안보고 나들이를 하는 날이었다.

그런데 지난해 만세사건 후에 단오장의 모습이 달라졌다. 일본 헌병들은 사람만 모이면 질겁하고 달려들었다. 사람들은 여전히 단오장에 모여들었지만 주재소의 칼 찬 헌병들이 긴 칼을 휘두르며 사람들을 흩어놓았다. 굿당 한가운데로 말을 몰고 지나가고, 성황신을 모셔온 신나무에 칼질을 하기도 했다. 그래도 말을 듣지 않으면 그 자리에서 사람을 잡아다가 매질했다.

조선놈들과 팽이는 그저 두들겨 패야 말을 듣는다고 총독부 훈령에도 태형에 관한 조항이 있었다. 갑오년(1894년)에 이미 법 같지 않은 법이라고 없앤 걸 이십 년이 지난 다음 '본령은 조선인에 한하여 적용한다'고 총독부 훈령으로 아주 명토 박아놓고 매질을 했다. 학교 선생들도 군복을 입고 칼을 차고 수업하는 무단통치의 시절이었다.

지난해 만세사건 때만 해도 거리에 나서지 않은 사람들에게 만세와 같은 일은 그저 남의 일같이 보였다. 경술년에 나라를 잃은 일도 그랬고, 나라를 되찾겠다고 나서는 사람들의 일도 그랬다. 그러나 남의 일 같기만 하던 만세사건 뒤에 칼과 몽둥이의 휘두름 속에서 단오 명절을 지내고 보니 그동안 남의 일이라고 여겼던 일들이 모두 내 일인 것이었다.

기미년 단오 때 어떤 무당은 주재소에 잡혀가 온몸이 짓밟혀 앉은뱅이가 되고, 어느 마을의 농악대 상쇠는 꽹과리를 쳐 만세를 부를 사람들을 불러 모았다고 헌병이 내리치는 칼에 등을 맞고 불수가 되었다.

다음 해 경신년 단오 때도 강릉면소의 칼 찬 일본인 관리들과 주재소의 헌병들이 단오장에 사람이 모이지 못하게 훼방을 놓았다. 사람이 모인 곳에 물총으로 먹물을 뿌리고, 헌병 특무들을 풀어 아무나 붙잡아 조선놈들은 그저 이렇게 맞아야 정신을 차린다고 옷에 똥을 지리도록 몽둥이질을 했다.

그러나 단오는 누가 나오라고 해서 나오고, 들어가라고 해서 들어가는 게 아니었다. 무당이 일본 헌병의 말발굽에 밟혀 쓰러져도, 굿당이 허물어지고 신나무가 칼을 맞아도 사람들은 이심전심 대관령의 국사성황신이 끝내 우리를 보살피리라 믿었다.

　남대천 냇둑 옆 공터에 관노가면극이 벌어졌다. 예전에 관노들이 양반탈과 색시탈을 쓰고 하던 놀이였다. 연극이어도 관노들은 양반에 대해 나쁜 소리를 뱉을 수 없기에 말 한 마디 하지 않는 무언극으로 연희를 했다. 그래도 관노들의 과장된 몸짓과 익살이 재미를 더해 구름처럼 사람이 모여들었다. 차무집 새댁도 동네 아주머니들과 함께 돌 된 아이를 업고 구경을 했다.

　극 중에 소매각시가 쓰러질 때였다. 일본 여자가 도둑이야! 소리쳤다. 순간 말을 탄 헌병들이 칼을 뽑아들고, 다 집어치웟, 소리지르며 연희장을 덮쳤다. 사람들은 비명을 지르며 흩어졌다. 그런 중에도 헌병들은 사람들을 붙잡아 일일이 소지품 검사를 했다.

　강릉면소의 일본인 관리 부인이 무슨 마음에서인지 조선 사람들 속에 섞여 관노가면극을 구경한 모양이었다. 무언극이니 일본 사람이라고 특별히 이해 못할 것은 없었다. 날이 뜨거워 그녀는 머리에 수건을 쓰고 있었는데 어떤 조선 여자가 눈 깜짝할 사이에 그걸 벗겨 보따리 안에 감추었다고 소란스레 말했다.

　아이를 업고 그늘에 앉아 있던 차무집 새댁도 붙잡혔다. 사람들은 차례로 보따리를 끄르고 소지품 검사를 받았다. 일본 헌병들은 긴 칼을 옆구리에 차고 호루라기를 불며 눈까지 희번득거리며 사람들을 감시했다. 차무집 새댁의 보따리는 다른 사람들의 것보다 컸다. 젖먹이 때문에 기저귀를 여러 개 챙겨야 했기 때문이었다.

차례가 되어 보따리를 끄를 때 수건을 잃어버린 일본 여자가 차무집 새댁을 지목했다. 오래 자기 옆에 서서 수건을 쳐다봐 자기도 조심을 했는데 어느 결에 수건은 없어지고 저만치 떨어진 곳에서 이 조선 여자가 보따리 안에 무얼 얼른 감추고 다시 묶더라고 했다. 그러나 수건은 나오지 않았다.

모두 돌아가고 일본 여자가 의심스럽다고 지목한 다른 두 명의 나이 든 아낙과 함께 새댁은 면소로 끌려갔다. 보따리 속에 수건이 없는데도 일본 여자의 남편과 면소 바로 옆 주재소에서 나온 헌병들은 수건을 어디에 감췄느냐고, 그걸 내놓으라고 윽박질렀다. 한번 뒤진 보따리를 다시 아이가 똥 싼 기저귀까지 풀어 헤치고, 옷 속까지 풀어 보이라며 멀쩡한 사람을 도둑으로 몰았다.

한참을 시달린 끝에 저녁때가 다 되어 아이를 업은 새댁이 면소 마당을 나오자 거기에 화등불소가 있었다. 수레엔 쌀 한 가마니와 장작 한 짐, 다른 짐 몇 개가 더 실려 있었다. 소는 수레 바깥으로 나와 짐받이에 고삐가 매어져 있었고, 우차집 주인은 소와 수레를 연결하는 구렛대를 밧줄로 얽어매고 있었다.

새댁을 보고 먼저 인사를 한 것도 화등불소였다. 소가 여러 번 워낭을 울리자 우차집 주인도 고개를 들어 반쯤 넋이 나간 듯한 얼굴로 아이를 업고 나오는 새댁을 바라보았다.

"아니, 여긴 우쩐 일이시우? 어디 편찮으시우?"

"아, 예……. 그냥……."

화둥불소가 새댁을 보고 다시 잘랑잘랑 워낭을 울렸다. 소를 보니 그것도 아는 얼굴이라고 참았던 눈물이 핑 돌았다.

"그래. 니는 무탈하게 잘 지내나?"

새댁은 화둥불의 목덜미를 어루만지며 물었다.

"무우……."

"그래야지. 니는 짐승이라도 섧지 않게, 그래 살다가 가거라."

"준비 다 됐냐?"

뒤에서 일본 사람의 말이 들려왔다. 안에서 말총 회초리로 책상을 탁탁 치며 어서 빨리 수건을 내놓으라고 윽박지르던 일본 여자의 남편이었다. 집 안에 필요한 물건들을 면소로 가져오라고 해 그걸 집으로 싣고 가려는 모양이었다.

"뭐 하느라 여태 꾸물거리고 있소?"

그건 일본 사람과 함께 마당으로 나온 조선 사람의 말이었다. 아까도 말이 통하지 않는 일본 사람을 대신해 새댁에게 수건 감춘 곳을 불라고 마구 윽박질렀던 사람이 이번엔 우차집 주인을 닦달했다.

"예. 이게 풀려서……. 다 됐습니다요."

우차 주인이 말했다.

새댁은 뒤를 돌아 화둥불소를 한 번 더 보고는 면소 마당을 나왔다. 그리고 힘없이 우추리 가는 쪽으로 터덜터덜 걸음을 옮겼다.

"아악!"

면소 마당에서 급작스럽게 비명이 터져나왔다. 듣는 순간 저건 조선 사람이 아니라 일본 사람이지 싶었다. 이제까지 그렇게 당장 죽을 듯이 내지르는 비명 소리를 들어본 적이 없었다. 이어서 여러 사람이 잡아! 잡아! 하고 내뱉는 단말마 같은 아우성 속에 무언가 우지끈 부서지는 소리가 들렸다.

새댁은 내쳐 길을 걸었다. 걷다가 총소리도 들었다. 그러나 돌아보지 않았다.

자꾸 눈물이 흘렀다.

나중에 얘기를 들었다.

우차집 주인이 구렛대를 묶고, 수레 짐받이에 묶어두었던 고삐를 끌러 소를 수레 안으로 밀어 넣으려고 할 때 소가 등에를 쫓느라 채찍처럼 꼬리를 휘두른 모양이었다. 거기에 옷깃이 스친 일본 관리가 아까 일에 대한 분풀이까지 더해 알 수 없는 분노로 칼을 뽑아 칼등으로 소를 후려쳤다.

그러자 잠시 전 새댁의 얼굴로 마음이 상한 화등불소가 일본 관리의 무릎과 허벅지를 연속으로 두 번 뒷발로 갈기고, 쓰러진 그를 뿔로 밀고 짓밟은 다음 내쳐 면소 안으로 뛰어들어가 그곳을 난장판으로 만들어버렸다. 누가 손쓸 틈도 없었다. 우차집 주인이 황급히 달려갔지만 이미 화가 난 소를 막을 수가 없었다. 그때부터는 면

소 전체가 아수라장이 되어 소는 결국 일본 헌병이 쏜 총에 맞아 면소 건물 앞에서 죽었다.

사람을 해친 소라, 그것도 대일본제국의 관리를 해친 소라 먹지도 못하고, 푸줏간 수레에 싣고 가 푸줏간 부근 어디엔가 땅을 파고 묻었다고 했다. 소를 친 일본인 관리는 소에게 맞아도 제대로 맞아 오른쪽 무릎 종지뼈가 완전히 나갔다. 접골원에서 여러 번 뼈를 맞추어봤지만 그쪽 다리론 전혀 힘을 쓸 수 없는 절름발이가 되어 결국 일본으로 돌아갔다. 사람들은 그가 소가 아니라 왜포수건에 걸려 넘어진 것이라고 말했다.

처음엔 재판을 받게 해서든 어떻게 해서든 단단히 혼을 낼 양으로 감옥에 가뒀던 우차집 주인을 그들은 무슨 영문인지 나흘 만에 풀어주었다. 소를 잘못 관리한 책임을 억지로 물으려 들면 아주 없는 건 아니겠지만 소에게 시킨 일도 아니고, 먼저 칼등으로 소를 후려쳐 화를 자초한 것도 일본인 관리였기 때문이었다.

재판을 연다면 소 등에 올라앉은 등에 얘기서부터 소가 꼬리를 흔든 것과 그것 때문에 뽑은 칼 얘기도 나올 것이다. 그래서 소가 사람을 치고 사무실을 발칵 뒤집어놓은 얘기까지 하다 보면 결국 사람이 아니라 이미 죽은 소를 재판하게 되는 꼴이 우습다고 여겼던 것인지 이것 역시 총독부의 지시로, 앞으로 소 관리를 철저하게 할 것이라는 주의를 받고 우차집 주인은 풀려났다.

그냥 풀려난 것은 아니었다. 그들 눈에 맞지 않고는 도저히 교육

이 안 되는 조선 사람이라 걸음을 떼지 못할 만큼 매를 맞고 풀려났다. 소 뒷발길에 사람이 다친 것과 면소 사무실이 난장판이 된 것에 대한 분풀이를 모두 소 주인에게 한 것이었다. 우차집 주인은 처음엔 일을 크게 벌인 소를 원망했다. 그러나 집에 와 자리에 누워 가만히 생각해보니 소 때문에 맞은 것이 아니라, 소가 자신이 맞은 매를 미리 분풀이해준 느낌마저 들었다.

우차집 주인은 몸을 추스린 다음 푸줏간을 찾아가 소를 묻을 때 워낭과 코뚜레는 어떻게 했느냐고 물었다. 푸줏간 사람들은 함께 묻었다고 말했다.

"워낭은 그냥 묻더라도 고삐와 코뚜레는 빼주지 그랬소. 많이 답답했을 낀데."

"아이고, 우리야 소를 잡고 나서도 제일 먼저 하는 게 그거지요. 그렇지만 누가 고기를 가져가 먹을까 봐 어느 것도 건들지 말고 그냥 묻으라고 얼마나 살벌하게 굴었는지 아슈? 그거 묻는 거 주재소 소사가 끝까지 지켜보고 갔다우."

"그랬구만요. 아마 그랬을 기요."

우차집 주인은 소를 묻은 장소를 넌지시 물어보았다. 푸줏간 뒤쪽 풀숲에 금방 흙을 파고 묻은 자리가 있었다. 그는 아무도 몰래 거기에 다시 와 술 한 병 부으며 죽은 소를 조상했다.

앞으로 계속 다른 소를 부린다 해도 오래 가슴에 남을 소였다. 어쩌면 처음 우추리에서 나오는 것을 볼 때부터 그 소의 의기를 알아봤던 것인지도 몰랐다.

강릉 단오장 옆 남대천 냇둑에 가면 예전에 이곳에 부임했다가 간 많은 벼슬아치들의 선정비가 세워져 있었다. 그런 거야 어느 고을에 가더라도 있었다. 어떤 탐관오리와 악덕 원님들은 임지를 떠나기 전에 백성들한테 마지막 기름 쥐어짜듯 자기 선정비를 세우게 했다.

거기 서 있는 비석들 중에 관리가 아닌 노비의 선행을 기리는 비석이 하나 서 있었다. 관노 문리동의 선행비였다. 문리동은 임진왜란 때 강릉부사를 모시고 전란을 피해 산골을 헤맸다. 양식이 떨어지자 산에 흩어진 나락을 주워 연명하게 하는 등 어려움 속에서도 정성을 다하여 부사를 섬겼다. 후에 사람들이 그의 행실을 갸륵히 여겨 선행비를 세웠다.

그러나 거기에 세워진 많은 비석 가운데 관노였던 그의 선행비는 너무 작고 초라했다. 비석이 작고 얇기도 하고 비석의 갓도 없었다. 문리동은 같은 사람이어도 똑같은 사람으로 여겨지지 않던 노비였다. 선행을 기리는 비석을 세우는 것만으로도 그의 신분으로는 영광이며 파격적인 일이었을 것이다.

그래서 그의 행적비는 거기에 가장 초라한 모습으로 서 있었다. 그의 비석을 세운 사람들의 인심은 따뜻하고 흐뭇했어도 어쩔 수 없는 신분제도가 돌 하나에까지 금을 긋듯 차별을 두게 하였던 것이다. 사람들은 난리 중에 부사를 구한 것이 노비 문리동이 아니라 말이거나 소였다면 오히려 더 그럴 듯한 비석을 세웠을 거라고 말했다. 정말 사람들은 충직한 짐승을 기리는 비석을 관노의 선행비보다 크게, 그리고 비석의 갓까지 만들어 얹었을지도 모른다.

시간이 흘러 한 노인이 남대천 옆 냇둑에 세워진 비석들 앞에서 말했다.

여기에 후일 충우비를 세우든 의우비를 세우든 그런 비석을 세워도 아깝지 않을 소 한 마리가 경신년 단오에 목숨을 잃었다고.

예전 우차를 끌던 노인이었다.

소 등을 타고
넘어가는 시간들

신유년(1921년)

칠월에 차무집 큰 어른이 세상을 떠났다. 한여름에 이웃 상가에 가서 먹은 음식이 잘못되어 며칠 토사와 곽란으로 고생하다 갑자기 세상을 떴다. 우리 나이로 쉰넷. 가을에 묘에 상석을 놓을 때 미륵과 버들이 제일 앞에서 상석*을 실은 발구**를 끌었다.

임술년(1922년)

미륵소가 귀천했다. 십구 년 사는 동안 열여섯 배의 송아지를 낳았다. 송아지 한 마리 죽이지 않고 잘 낳고 잘 키웠다.

* 무덤 앞에 제물을 차려놓기 위해 넓적한 돌로 만들어놓은 상
** 마소에 메워 물건을 나르는 큰 썰매

계해년(1923년)

버들소가 열세 번째 새끼 홍걸을 낳았다. 홍걸은 송아지 때부터 풀이든 여물이든 다 잘 먹어 늘 구유가 깨끗하다고 붙여준 이름이었다. 나중에 버들소로부터 차무집 외양간을 물려받았다.

정묘년(1927년)

차무집 세우가 태어났다. 차무집 주인이 서른아홉, 안주인은 서른일곱 살이 되던 해였다. 기미년에 낳은 첫딸과 여덟 살 터울이 졌다. 그 사이에 아들 하나와 딸 하나가 더 있었는데 하나는 돌을 넘기지 못하고, 또 하나는 이태 전에 홍역으로 잃었다. 뒤에도 아들 하나를 더 그렇게 잃었다. 낳다가도 그렇고, 낳은 다음에도 그렇고 소보다 더 쉽게 목숨을 잃는 게 사람이었다.

경오년(1930년)

버들소가 귀천했다. 새옹지마라는 말 그대로 일찍이 다리가 부러졌던 것 때문에 오히려 오래 차무집 외양간을 지켰다. 스물한 해를 사는 동안 열여덟 마리의 송아지를 낳았다.

애석하게 열여덟 번째의 송아지는 사산했다. 사실은 가져서는 안 될 송아지였다. 죽은 송아지를 치운 다음 차무집 주인은 아버지와 흰별소를 생각했다. 아버지는 흰별소가 열네 번째의 송아지를 낳은 다음 다시 생을 내는데도 더는 새끼를 갖지 않게 했다. 그러나 자신은 버들소가 열일곱 번째의 송아지를 아주 힘들게 낳았는데도 생을 내자 다시 새끼를 갖게 했다. 예전에 한날에 태어나 집에서도 논밭에서도 가장 가까운 친구로 지냈던 흰별소가 자신의 잔칫날 고기를 내어놓고 세상을 떠난 게 늘 마음에 걸렸기 때문이었다.

살아오며 십수년 넘게 함께 논밭을 갈아온 미륵소에 대한 꿈은 한 번도 꾸지 않았는데, 흰별소에 대한 꿈은 두 번이나 꾸었다. 한 번은 어느 산길을 가던 흰별소가 뒤돌아 자신을 바라보는 것이었고, 또 한 번은 구유 가득 여물을 퍼주었는데 그걸 먹지 않고 계속 음무우 하고 생을 내던 모습이었다.

차무집 주인은 그때 흰별소가 한 번 더 새끼를 가졌더라면 하는 아쉬움이 늘 마음속에 남아 그걸 버들소에게 대신했던 것인지도 모른다. 오랜 세월이 지난 다음에야 그는 아버지가 옳았다는 것을 알았다.

어미 배 속에서 죽어 나온 송아지를 차마 솥에 넣지 못했다. 집안 살림이나 형편이 아버지가 흰별소의 첫 새끼를 받아내던 때만큼 송아지 한 마리의 생사가 처절하고 절실한 것은 아니었지만, 아버지의 아들로 아버지가 흰별소에게 했던 예를 따르는 게 옳다고 여겨 죽은 송아지를 텃밭에 묻었다. 소에 대해서 아버지는 늘 바르고 또 옳았다.

무인년(1938년)

원래 자리의 집을 허물고 좀 더 큰 집을 지었다. 사람 사는 집도 넓어지고 외양간도 넓어졌다. 집 짓는 일은 늦봄에 시작해 가을에 끝이 났다. 집을 짓는 동안 사람도 고생하고 홍걸도 비가 오는 날이면 겨우 지붕만 덮은 곳에서 절반은 그냥 비를 맞으며 고생했다. 집이 다 지어진 가을에 첫딸 기미(기미년에 낳은 딸이라 이름을 그렇게 지었다)가 같은 우추리의 삼박골로 출가했다.

기묘년(1939년)

몸이 약해 늘 고생을 하던 젊은 안주인이 이해 가을에 세상을 떠나고, 같은 시간 홍걸이 예전의 화둥불처럼 씩씩한 수송아지를 낳았다. 후일의 외뿔소였다.

새로 지은 집에 나이 든 큰 안주인과 차무집 주인, 아들 세우, 이렇게 셋만 살아 집 안이 늘 휑한 모습이었다.

경진년(1940년)

홍걸소가 콩죽을 낳았다. 콩죽은 송아지 때 몰래 밭에 들어가 이제 막 자라기 시작하는 콩포기를 죄다 뜯어먹어 밭을 아예 콩죽으로 만들었다고 해서 붙여진 이름이었다. 나중에 홍걸소의 뒤를 이어 차무집 외양간의 주인이 되었다.

신사년(1941년)

차무집 큰 안주인이 설을 쉰 다음 바로 자리에 몸져누웠다. 동네와 일가에서 차무집 주인에게 얼른 후처를 들이라고 사람을 권했다. 이 동네 저 동네 허드렛일을 해주고 다니는, 다섯 살짜리 아들이 있는 여자였다. 여자의 심성은 더없이 착한데 아들이 두 다리와 왼쪽 팔을 제대로 쓰지 못하는 심한 불구였다. 사지 중에 성한 것은 오른팔뿐이었다. 그래도 용하게 절룩절룩 걸음을 걸었다. 동네 아이들이 어린 아들을 해파리라고 불렀다. 차무집 주인은 새로 들인 아들에게 집안 항렬에 맞추어 세일이라는 새 이름을 지어주었다.

가을에 차무집의 큰 안주인이 세상을 떠났다.

임오년(1942년)

홍걸이 귀천했다. 열아홉 해를 사는 동안 열여섯 마리의 송아지를 단 한 마리의 실패도 없이 잘 낳았다.

을유년(1945년)

해방과 동시에 삼팔선이 그어졌다. 바닷가 쪽으로는 같은 양양 땅의 잔교리와 기사문리를 가르는 선이었고, 조금 더 내륙으로 들어와서는 명지리와 말곡리를 가르는 선이었다.

병술년(1946년)

차무집 안주인이 세상을 뜨던 날에 태어난 암소의 오른쪽 뿔이 빠져 외뿔소가 되었다.

정해년(1947년)

단지 사람들이 여기는 이쪽 땅, 거기는 저쪽 땅 하고 눈에 보이지도 않는 선을 그은 것뿐인데, 이해 여름 남쪽 명지리의 소 한 마리가 아이들과 함께 산에 가 풀을 뜯다가 북쪽으로 간 다음 돌아오지 않았다.

명지리 마을 사람이 삼팔선 너머의 말곡리 마을로 가 남쪽에서 넘어온 소를 달라고 했지만 말곡리 사람들은 그런 소를 본 적이 없다고 했다. 일부러 감춘 것도 아닌데 소 한 마리가 삼팔선 사이에서 없어진 것이었다. 화가 난 명지리 사람은 앞으로 산에 가 소를 먹이다 보면 너희 소도 이쪽으로 넘어오기도 할 텐데 어떻게 그럴 수 있느냐고 따졌다.

명지리와 말곡리뿐 아니라 삼팔선이 지나는 어느 마을에서도 충분히 있을 수 있는 일이었다. 금은 사람이 그었지만 금 따라 철조망을 친 것도 아니고, 남쪽의 소가 북쪽으로 넘어갈 수도 있고 북쪽의 소가 남쪽으로 넘어올 수도 있었다. 사람들은 남과 북으로 땅이 갈리어도 예전처럼 마실을 다니듯 아주 자유롭게는 아니라 하더라도 무슨 일이 있을 때마다 알음알음, 또 쉬쉬하며 넘나들곤 하였다.

소를 잃은 명지리 사람은 썩 나중에야 그 소가 말곡리 안쪽에 들어와 진을 치고 있는 인민군 부대에 끌려갔다는 것을 알았다. 그러나 부대에까지 가서 소를 내놓으라고 말하지 못했다. 처음 삼팔선이 그어졌을 때와는 다르게 점점 그런 왕래를 할 수 없게 눈에 보이지 않는 선이 눈에 보이는 선처럼 분명해져갔기 때문이었다.

그리고 다시 소 등을 타고 넘는 구름처럼 시간이 흘러갔다.

고양이논 마을에서
온 며느리

난리가 터지던 해 봄, 차무집 아들 세우가 장가를 들었다. 새댁은 납돌에서 왔다. 세우는 스물세 살이었고, 새댁은 스무 살이었다. 신부가 가마를 타고 신랑집으로 와 마당에서 혼례를 올렸다. 중매쟁이가 열심히 두 집 사이를 오고 가고, 양가 부모들이 서로 한 번씩 방문해 사윗감과 며느릿감을 보고 혼인을 결정했다.

차무집 어른의 나이도 어느새 예순셋으로 수염도 길고 머리도 허옇게 세었다. 무자년(1888년) 흰별소와 함께 태어난 그 사람이었다.

새댁의 친정이 있는 납돌의 예전 이름은 납은평이었다. 강릉 부근에서 땅이 기름지고 쌀이 좋기로 소문난 동네였다. 거기에 묘답 (고양이의 논)이 있었다. 사람도 갖지 못한 논을 고양이가 가진 내력은 다음과 같았다.

조선시대 일곱 번째 임금 세조가 조카를 밀어내고 왕위에 오른 다음 온몸에 종기가 나면서 살이 썩어 들어가는 병을 얻었다. 단종의 어머니가 꿈에 나타나 침을 뱉었는데, 침방울이 튄 자리부터 썩기 시작했다. 세조는 병을 고치려고 전국의 좋은 산과 이름난 절을 찾아 다녔다. 여러 절을 다니던 중 어느 해 여름 오대산 상원사 앞 시냇물에서 목욕을 하다가 문수보살에게 등을 맡기면서 종기가 많이 가라앉았다.

세조는 이듬해 다시 상원사를 찾아갔다. 법당에 들어가려고 할 때 갑자기 고양이 한 마리가 나타나 왕의 곤룡포를 물고 뒤로 잡아당겼다. 한 번도 아니고 여러 번이었다. 이상한 낌새를 느낀 세조는 법당 안을 샅샅이 뒤지게 했다. 아니나 다를까 법당 불탑 아래 세 명의 자객이 숨어 있었다. 세조는 불공을 마치고 서울로 돌아가며 강릉에서 가장 기름진 땅 오백 섬지기를 장만하게 하여 고양이에게 주고 해마다 제를 지내게 했다. 그것을 절이 관리했다. 고양이에게 준 논이 있는 마을의 이름도 납은평(納恩坪, 은혜를 갚기 위해 준 들)으로 바뀌었다. 그것이 오랜 세월 시간이 지나며 납들(납평)로 불리다가 말하기 더 편하게 납돌이 되었다.

새댁은 묘답과 같이 너른 들이 있는 동네에서도 제법 유복한 집에서 태어났다. 왜정 때 여자들은 한 동네에서 한 해 한 명씩만 겨우 들어갈 수 있는 읍내 소학교를 다녔다. 딸이었어도 집에서 따로 남자 형제들과 똑같이 한문의 언해도 가르쳤다.

두 집 사이에 반쯤 결혼이 승낙되고, 차무집 어른이 며느릿감을 보러 저쪽 집으로 갔을 때였다. 사랑에 마주 앉은 사람은 며느릿감의 할아버지였다. 며칠 전에 먼저 납돌에서 우추리로 사윗감을 보러 올 땐 색시의 아버지가 왔었다. 이제 차무집 어른 눈에만 며느릿감이 처음 중매쟁이한테 들은 얘기와 크게 어긋나지 않는다면 혼사가 성사되는 것이었다.

색시가 나와서 인사를 하는 모습도, 사랑으로 밥상을 내오는 모습도 차무집 어른 마음에 들었다. 그만하면 어딜 가더라도 어느 집 색시고 어느 집 며느리냐고 물을 만큼 얼굴도 곱고 자태도 고왔다. 얼굴이 순하고 여려 보여도 예전에 먼저 간 아내처럼 어느 한구석 약해 보이는 데가 없었다. 더욱 마음에 들었던 것은 점심을 먹고 난 다음 이제 일어서서 집으로 오려고 할 때의 일이었다.

그 집에 편지 한 통이 배달되어 사랑으로 건너왔다. 누런 겉봉에 온통 붓으로 쓴 한자 글씨들이었다. 얼핏 보아서만이 아니라 실제로 차무집 어른으로서는 아는 글자가 없었다. 애초 글을 배우지 않았다. 함께 점심을 먹은 그 집 어른이 아들 대신 곧 시집보낼 손녀딸을 사랑으로 불렀다.

"너, 이게 어디에서 온 편지인지 보아라."

봉투를 이리저리 살펴보고 나서 손녀딸이 말했다.

"일본에 계시는 작은아버지가 보낸 편지 같은데, 인편으로 부산으로 보내 부산에서 다시 김윤래라는 분이 할아버님께 대신 올리는 편지 같습니다."

"그렇게 적혀 있느냐?"

"그런 사연은 적혀 있지 않지만, 여기 적힌 부산 주소에 작은아버지 이름이 있고 옆에 대(代)자를 쓰고 편지를 보내는 사람 이름이 함께 적혀 있습니다."

"아비한테 보낸 게 아니고, 할아비한테 보낸 편지가 맞느냐?"

"예. 우리 집 주소에 할아버님 함자가 적혀 있습니다."

"그럼 어디 열어보아라."

"아버지를 부를까요?"

"아니, 할아비한테 보낸 게 맞으면 그냥 이 자리에서 네가 열어보아라."

손님이 간 다음 읽어도 되겠지만 아마도 저쪽 어른은 이 기회에 손녀딸의 슬기를 보여주려는 것 같았다. 색시는 잠시 머뭇거리다가 다시 한 번 할아버지의 재촉을 받은 다음 조심스럽게 편지를 뜯어 읽기 시작했다. 일본에 나가 있는 작은아들이 조만간 식솔을 데리고 이곳으로 들어올 생각을 전한 편지였다.

차무집 어른은 할아버지와 장래 시아버지 앞에서 온통 한자투성이의 편지를 어느 한 구절 막힘없이 읽고 설명하는 며느릿감이 너무도 신기하게 보였다. 사람을 가르친다는 것이 바로 이런 것이구나 하는 게 저절로 느껴져 그런 며느리가 집으로 들어온다는 것이 벌써 자랑스럽기까지 했다.

　아들은 같은 시절 우추리에서 먹고사는 일에 쫓겨 거기까지 미처 생각이 닿지 않아 학교를 보내지 못했다. 대신 자신이 예전에 배웠던 것처럼 열심히 일과 사람이 사는 도리에 대해 가르쳤다. 그것은 또 그것대로 떳떳하고 자랑스러운 일이었지만, 글도 함께 가르쳤더라면 하는 아쉬움도 함께 느껴지는 자리였다.

　"네가 우리 집에 오면 내가 앞으로 너에게 맡길 일이 아주 많겠구나."

　차무집 어른은 사랑방을 물러나는 며느리에게 그렇게 말했다. 저쪽 어른들에 대해서는 혼사에 대해 그 자리에서 확답을 준 말이었지만, 그 말의 더 큰 뜻은 다소 성급하다 해도 앞으로 아들과 며느리 사이에서 태어날 아이들의 교육에 대한 얘기였다.

　며느릿감을 보고 온 차무집 어른은 아주 흡족해했다. 납돌에서 돌아와 아들에게 글을 아는 며느리에 대해서 얘기했다. 그냥 글만 아는 것이 아니라 한 줄을 읽고 주변의 열 줄을 미루어 짐작하더라고 했다.

　"잠시를 봤다만, 아이가 참 영민하더라. 앞으로 너희가 살아갈 날들은 아비가 살아온 날들과 다를 테니 아이를 낳아도 집안에 좋은 기운을 불러올 게야."

　반대로 납돌 색시집에서 우추리 차무집은 소를 키워 그것으로 농토를 늘리고 살림을 늘린 집으로 알려졌다. 무엇보다 신랑감의 듬직한 모습과 진실한 모습이 마음에 들었다. 그러나 중매쟁이가 가운데에서 전한 소문만큼 소를 많이 키운 것은 아니었다. 미륵소와 버들소가 함께 있을 때부터 해마다 두 마리의 암소가 두 마리의 새끼를 낳고, 또 대를 이어 성실하게 일하고 저축해 조금씩 농토를 늘려왔다.

소를 위하는 집안이라는 것도 어쩌면 지금 외양간에 있는 외뿔소 때문에 더 과장되게 전해졌던 것인지도 모른다. 안주인이 세상을 떠나던 때 태어나 안주인의 목숨을 이어받고 태어났다고들 했다. 어쨌거나 큰살림은 아니더라도 소가 바탕이었고, 살림도 가세도 소처럼 한 발 한 발 뚜벅뚜벅 걷듯 키워왔다.

잔치를 앞두고 차무집 어른은 암소 콩죽을 팔았다. 다른 집 같으면 수소인 외뿔소를 팔았을 것이다. 그러나 외뿔소는 어떤 경우에도 팔 수 없는 소였다.

외양간엔 외뿔소와 코를 뚫은 지 얼마 되지 않은 암송아지가 남았다. 이제 저 어린 송아지가 자라 이 집의 외양간을 지킬 것이었다. 그러는 동안 외뿔소가 논밭을 갈면 되었다.

소여물에 밥을
덜어주는 농부

　잔치는 이웃 동네에까지 소문날 만큼 잘 치렀다. 제일 신이 난 사람은 밖에서 들어온 아들 세일이었다. 세일의 나이도 어느새 열네 살이 되었다. 몸이 부실해 질룩질룩 걸으며 온 동네에 잔치를 알리고, 새로 형수가 들어오는 것을 자랑하고 다녔다.

　세일은 몸만 그런 게 아니라 머릿속의 생각도 몸처럼 자라지 못해 일고여덟 살 먹은 아이들 같았다. 아직 어린 것을 사람들은 여전히 벌레 대하듯 놀리고 무시했다. 차무집 어른이나 세우 앞에서만 그러지 않았다.

　차무집 어른은 예전에 아내 때문에 마음속으로 크게 다짐한 일 한 가지가 있었다. 삼십 년 전 단오 때였다. 나라가 다른 나라에 먹혀 백성이 수모를 당하는 건 힘이 없기 때문이다. 한 집안도 마찬가지다. 집이 가난하고 힘이 없으면 식구들이 밖에 나가 무시당한다. 왜포수건 검사를 할 때도 읍내에 제법 사는 집 여자들은 보따리도 뒤지지 않고 몸도 뒤지지 않았다. 아내가 지목당하여 봉변을 당한 것도 그게 다 힘이 없어서였다. 꼭 일본 사람들에게뿐 아니라 앞으로 살아가는 동안 누구에게든 그런 무시와 봉변을 당하지 않게 집안과 내가 힘을 가져야 한다.

누구에게 말은 하지 않아도 그런 다짐으로 더 열심히 일을 했다. 아내에게조차 말하지 않은 일이었다. 그런데 요즘 들어 세일이 커가는 것을 볼 때마다 예전의 다짐들이 자꾸 새롭게 생각되었다. 저것은 또 어떻게 한세상을 살아가야 하나. 어떻게 살아야 남에게 누가 되지 않고 또 놀림당하지 않고 살아가나.

차무집 어른은 아들의 잔치를 끝내고 마을 안쪽에 있는 아내의 산소에 갔다. 전날 아들과 며느리가 먼저 인사를 다녀왔다. 그때에도 세일이 따라갔다 왔다. 집에 처음 들어올 때부터 형을 잘 따랐고, 세우도 친동기처럼 세일을 귀애했다.

"자, 큰어미한테 절을 해라."

"어제 형아하고 와서도 했어요."

"그래도 또 해라. 그래야 큰어미가 너 이쁘다고 하지."

세일이 절을 하는 동안 차무집 주인도 아내에게 마음속으로 인사했다.

'어제 왔으니 임자도 봤겠지만, 세우는 짝을 지었네. 납돌에서 온 글을 아는 며느리인데 곱기가 꼭 예전 당신 같다네. 그리고 여기 또 하나 있는 거, 이 아들도 나중에 어떻게든 짝을 잘 짓게 당신이 도와주게. 이 아이야말로 앞으로 사는 게 힘든 아이인데 당신이 일찍 가서 맡은 아들이니까 당신이 꼭 도와주어야 하네.'

"자, 좀 쉬었다가 내려가자."

차무집 어른은 산소 가에 앉아 쌈지를 열어 담배를 비벼 재웠다. 그리고 버릇처럼 조끼 주머니에서 손때가 묻어 조약돌같이 반짝이는 쇠이빨을 꺼내 엄지손가락과 두 번째 손가락 사이에 넣어 주물렀다. 그건 외뿔소가 젖니갈이를 할 때 구유에서 주운 것이었다. 구유에서 주운 쇠이빨이 재물복이 있다고 해서 버리지 않고 곡간 쌀독에 넣어 보관해오던 것이 어느 날 어른의 조끼 주머니에 부적처럼 들어앉았다.

"헤헤, 아버지는 그거 없으면 심심하쥬?"

"그래. 세일이, 니 이게 뭔지 아나?"

"알쥬. 쇠이빨이쥬."

"맞다. 그런데 이게 누구 이빨인지 아나?"

"큰어머이 소 이빨이쥬. 헤헤."

"그래. 이게 그냥 쇠이빨이 아니라 니 큰어미 소 이빨이다. 지금 집에 있는 소가 영락없이 니 큰어미 목숨이라. 전에 쇠뿔이 빠지는 거 우리 세일이도 봤더냐?"

"봤쥬. 지하고 형이가 마당에 있을 때 그랬쥬."

"그것도 오른쪽 거제. 니 큰어미 머리에 보면 말이다. 오른쪽에 헌데 자리가 있어서 머리숱이 한 옴큼 빠졌제. 이다음에 다시 나면 기운 센 소가 되고 싶다고 말해쌓더니 정말 소로 목숨을 이은 게야."

"그럼 여기 산소에 있는 큰어머이는요?"

"그건 죽어서 몸이 온 거지. 목숨은 집에 있는 소로 가고."

생각하면 정말 이상한 일이었다. 나이를 먹으며 더욱 병약해진 아내는 평소에도 죽어서 힘센 소로 태어나는 것이 소원이라고 했다. 그 소원을 풀기라도 하듯 남편이 외양간에서 송아지를 받는 동안 숨을 넘겼다. 나갈 때는 멀쩡했는데, 들어와 보니 무슨 애를 쓰느라 그랬는지 손톱을 물고 있었다. 아마도 밖에서 소 발굽을 까주는 동안 그랬던 모양이었다.

그래도 처음엔 소가 아내의 목숨을 이었다고 생각하지 않았다. 소가 안주인의 목숨을 이었다는 것을 알게 된 것은 삼 년 전 가을의 일이었다. 볕 좋은 날을 골라 텃밭에 매어놓자 소는 말뚝을 축으로 어지럽게 돌더니 뿔로 땅에 박힌 돌을 파 일구다 문둥이 손가락처럼 맥없이 뿔이 떨어져 나갔다. 금강석으로 유리를 잘라내듯 피 한 방울 흘리지 않았다.

뿔이 빠지자 소는 저도 놀랐던지 발광을 멈추고 큰 소리로 서너 번 마당을 향해 울었다. 마치 앓던 이라도 빠진 듯 고통과는 거리가 먼 시원스러운 울음이었다. 차무집 어른도 보고 세우도 보고 세일도 함께 그 모습을 보았다.

"소가 뿔이 빠졌다. 우히히……."

세일은 갑자기 한쪽 뿔이 빠져 모양이 이상해진 소가 제 발밑에 떨어져나간 뿔을 멍청하게 내려다보고 있는 모습이 우스워 낄낄거렸다.

"가만……."

차무집 어른은 조심스럽게 쇠뿔을 집어 그것을 바라보았다.

"참말로……. 예전 니 에미 말이 맞는갑다."

"예?"

"죽어서 소가 되고 싶다고 늘 말하더니……."

거기서 어떻게 그런 생각을 했는지, 차무집 어른은 쇠뿔이 빠진 모습에서 아내의 오른쪽 머리에 한 옴큼 머리카락이 빠진 자리를 떠올렸다. 그리고 처음 시집을 왔을 때부터 아내가 유난히 소와 친했던 일들을 떠올렸다. 죽는 날까지 아내만큼 소와 가까이 지낸 사람도 없었다. 함께 미륵소에게 일을 가르칠 때에도 그랬고, 우차집에 팔려간 화둥불 송아지와도 그랬다. 온 동네에 소문이 날 정도로 소가 아내를 따랐다. 팔려간 다음에도 다 자란 소가 단숨에 달려 집으로 왔고, 아내가 달아준 워낭을 목에 걸고 얌전히 제 집으로 돌아갔다.

그러다 경신년 단옷날 아내가 면소에 끌려가 억울한 일을 당했을 때 그 분풀이도 소가 제 목숨을 내놓고 해주었다. 그리고 이 소 역시 아내가 저 세상으로 떠나던 날 천지간에 목숨이 하나 나간 자리에 새 목숨 들어오듯 태어났다.

"세일아. 부엌에 가서 간장 한 종지 달래 오너라."

간장을 가져온 세일어멈도 뿔이 떨어져나간 소를 보고 처음에는 피식 웃었다.

"어머이, 어머이도 우습지?"

"우습기는 뭐가 우습다고 그래?"

어른의 서늘한 말투에 놀란 건 세일이 아니라 세일어멈이었다. 손에 받쳐든 간장이 그릇에 출렁거렸다.

"이걸 푹 고아서 노란내를 빼서 가져오게."

차무집 어른은 쇠뿔을 세일어멈에게 건넸다.

"맞구멍 뚫어 기름꼬깔 하면 좋겠네요."

"무슨 소리. 다치지 말고 그대로 내와."

차무집 어른은 간장을 소머리에 부었다. 뿔이 빠진 자리가 따가운 듯 소가 머리를 흔들었다. 털에 묻은 간장이 방울방울 소매에 튀었다.

"뭐가 아프다고 엄살이누. 살아서도 그만큼 아프면 됐지."

"아버지, 이게 큰어머이 소래요?"

"그래. 그래서 니 큰어미 죽던 날에 났고……."

"헤헤. 그렇지만 이건 불알이 덜렁덜렁하는 수소잖아요."

세일의 말에 차무집 어른은 잠시 무언가를 빼앗긴 얼굴이 되었다가 이내 다시 환하게 밝아진 얼굴로 말했다.

"그건 상관없는 없는 일이지. 늘 힘이 없어 힘이 센 게 소원이었으니 암소보다는 수소가 당연하지 않겠? 예전에 느 큰어미를 혈육처럼 따르던 화둥불소도 수소였고."

뿔이 없으면 모양도 떨어지고 소값도 떨어진다는데, 그런 건 아무래도 괜찮았다. 소가 뿔로 일하는 것도 아니고, 값이 오르든 내리든 장에 내다 팔 소도 아니었다.

그날 저녁부터 소는 집안에서 칙사 대접을 받았다. 여물깍지도 전보다 보드랍게 썰었고, 평소엔 잘 넣지 않는 알곡도 여물을 끓일 때마다 한 줌씩 넣었다. 쇠죽도 어른이 부엌에 나와 직접 끓일 때가 많았다.

그건 여러 가지로 불편한 일이었다. 세일어멈은 몇 년을 같이 살아도 늘 시아버지처럼 어렵기만 한 남편이 부엌에 나와 손수 쇠죽을 끓이는 게 불편했고, 아들 세우도 이제 와서 갑자기 외양간의 소를 어머니의 분신처럼 여겨야 하는 게 편한 일은 아니었다. 같은 소를 아내의 분신처럼 여기는 것과 어머니의 분신처럼 여기는 것은 또 다른 일이었다.

차무집 어른은 판수할멈을 불러 안택고사를 치렀다. 그것이 맞다면 죽은 아내와 소를 위해서도 필요한 일이었고, 남은 가족을 위해서도 필요한 일이었다. 판수할멈도 소가 이 집의 안주인은 아니지만 안주인으로부터 이어진 목숨이 맞다고 했다. 소가 안주인이라는 말보다 그 말이 더 사람들을 믿게 했다.

판수할멈은 머리가 근지럽다며 방바닥을 구른 다음 머리카락 몇 가닥 뽑아들고는 이 집 안주인이 소로 목숨을 바꾸어 온 내력에 대해 말했다. 몸이 약해 다시 태어난다면 늘 소로 태어나길 말했던 것과 예전에 눈을 맞추었던 소들의 얘기도 했다. 그건 점괘가 아니더라도 이미 동네 사람들도 다 아는 일이었다. 그래도 다들 처음 듣는 얘기처럼 고개를 끄덕였다.

이듬해 봄이 되어 차무집 어른은 그동안 아들에게 쟁기질을 가르친 다음엔 논밭에 나가더라도 좀체 쟁기를 잡지 않더니 농사일이 시작되자 직접 외뿔소를 끌고 쟁기질을 했다. 소를 빌려주고 하던 품앗이도 하지 않았다. 소가 남의 집 일을 나가면 그것도 사람 하루 품삯이었다. 그러나 자식 손에 맡기기조차 꺼리는 판에 남의 손에 고삐를 맡긴다는 것은 말도 안 되는 소리였다.

모내기를 앞두고 재 너머 논을 갈러 가서도 그랬다. 때가 되어 점심이 논으로 나왔다. 차무집 어른의 점심 보따리는 세일이 들고, 소 여물은 세일어멈이 함지에 담아 이고 왔다. 차무집 어른은 쟁기에서 외뿔소를 떼어 논둑으로 데리고 나왔다.

"물 이리 다오."

세일이 주전자를 집어 아버지에게 주었다. 차무집 윗대의 어른은 술을 마셨지만 지금 어른은 술을 입에 대지 않았다. 처음부터 안 마신 것은 아니었다. 경신년 단오 때 아내에게 그런 일이 있고 나서 스스로 결심을 하듯 앞으로 절대 술을 입에 대지 않기로 했다. 명절에도 그랬고, 집에서 큰일을 할 때에도 그랬다. 술이 밥이고 쌀이라 마시면 그게 독의 쌀을 비우는 일이었다.

차무집 어른은 주전자를 들고 벌컥벌컥 물을 마신 다음 점심을 먹기 시작했다. 그러다 흘깃 옆에서 여물을 먹는 외뿔소 모습을 보다가 눈을 맞추게 되었다.

"보기는 뭘 그리 보는가. 얼른 드시지."

그래도 소는 눈을 맞춘 채 다시 얼른 여물에 입을 내리지 않았다.

"허이 참……."

차무집 어른은 밥그릇을 들고 소에게 다가가 소여물 함지에 들고 있던 밥그릇을 뒤집고, 그것을 손으로 휘휘 저어 여물과 섞었다.

"자, 많이 드시게. 그리고 오늘 이 논 다 갈고 가자구."

세일어멈도 처음엔 무심히 바라보다 깜짝 놀라고 말았다. 이제까지 세일어멈이야말로 외뿔소에 신경 쓰며 살았다. 외양간의 소가 두 마리든 세 마리든 여물을 퍼줄 때 다른 소보다 외뿔소 구유에 콩깍지 하나라도 더 차례 가도록 신경 썼다. 저쪽 구유의 알곡을 손으로 걷어 이쪽으로 옮길 때도 많았다.

때로는 부엌에서 외양간 쪽을 바라보다가 서로 눈이 오래 마주치

게 되면 자신도 모르게 소에게 형님은 또 무얼 그리 오래 보시우?
하고 말을 걸 때도 있었다. 장난으로 하는 말이 아니라 외뿔소의
내력을 아는지라 저절로 그런 마음이 들었다.

그렇지만 어렵기가 시아버지 같은 남편이 소여물 함지에 밥그릇
을 뒤집는 건 그것과 또 다른 일이었다. 이녁이 끓여온 여물이 부실
하다는 뜻일 수도 있고, 평소 소를 대하는 자신의 태도를 나무라
는 것일 수도 있고, 아무튼 소와 자신에 대한 영감의 생각이 어떤
것인지를 그 밥그릇 하나로 다 말해주는 것이었다.

갑자기 뒷덜미가 서늘해지는 듯했지만, 논에서는 아무 말도 하지 않았다. 저녁에 세일어멈은 영감 앞에 앉았다.

"아들 아버지요. 아무래도 이력이 내일 세일이를 데리고 집을 나가야겠소."

"그건 또 무슨 얘기야?"

세일어멈은 낮에 재 너머 논에 점심을 내갔던 일을 얘기했다.

"지두 소를 위하느라고 하는데, 아버지는 당신 자실 밥까지 여물에 쏟아버리고 그러니 지가 여기에 어떻게 더 있겠소?"

"쓸데없는 소리 말게. 당신이 내온 여물이 부실해서 그런 게 아니라 밥을 먹다 눈을 맞치는데, 소가 눈을 거두지 않아서 그랬다네. 그리고 소여물에 제 밥 덜어주는 농군, 그렇게 별일도 귀한 것도 아니라네. 예전에 아버님도 자주 그러셨어. 말 못하는 거 데리고 같이 논을 갈다 보면 저절로 그런 마음이 드는 거지."

차무집 어른은 또 말했다.

"떠나려거든 세일이는 여기 두고 당신 혼자 떠나게."

"세일이는 왜요?"

"언제까지 저렇게 키우고 언제까지 당신이 따라다니며 뒷바라지할 텐가? 그러다 당신 죽은 다음엔 또 어떻게 하고?"

"……."

"커가면서 사람을 만들어야지. 몸이야 이제 와 어쩔 수 없더라도 평생 제 일신 제가 거두며 살 수 있게는 가르쳐야지. 그것만 가르쳐

놓아도 여기 제 형 옆에서 남에게 크게 무시당하는 일 없이 살 수 있지 않겠는가. 당신이 데리고 나가 예전처럼 혼자 그렇게 키우고 가르칠 텐가?"

"이녁한테는 늘 애가 애물이우."

"그렇지도 않다네. 옛말에 굽은 나무가 선산을 지킨다고 했어. 애물일지 보물일지는 두고 봐야 아는 거고, 어미라도 아직 다 크지 않은 애를 두고 그렇게 말하는 게 아닐세."

"그려요. 그래도 이녁 보는 앞에 소한테 밥 덜어주고 그러지는 마시우. 지가 어느 소든 우리 외양간에 있는 소들 여물공경 잘할 테니."

"그거야 당신을 꼭 믿지. 믿으니 등을 맡기고 사는 거고. 그렇지만 꼭 저 소가 아니더라도 논에서고 밭에서고 한 몸처럼 일하다 보면 사람도 소 같고 소도 사람 같아서 그런다네. 그러다 논머리에 나와서 서로 다른 밥상 받아들면 미안한 마음이 앞서서 그러는 거지."

외양간에서 되새김질하는 소의 긴 숨소리와 워낭 소리가 들려왔다. 옛날 흰별소가 왼쪽 목에 달았던 워낭이었다.

난리 중에
끌려간 외뿔소

난리가 터지고 북에서 피난민들이 몰려 내려오자 아들 세우는 우리도 피난을 가자고 했다. 차무집 어른의 대답은 딱 두 마디였다.

"젊은 너희들은 떠나거라. 나는 못 떠난다."

논밭에 세워둔 곡식도 곡식이지만 저 소를 두고 어딜 가느냐고 했다. 연일 사람이 밀려 내려와도 차무집 어른 귀에는 이따금 들리는 포 소리마저 지나가는 천둥처럼 들리는 것 같았다. 남이야 피난을 가든 말든 논밭을 다니며 일을 했다. 세우 내외도 어른이 피난을 가지 않으니 어쩔 수 없이 그 자리에 눌러앉았다.

처음엔 동네 앞길에 피난민들이 지나가는 것 말고는 크게 달라진 게 없는 것 같더니 우추리에도 붉은군대가 들어왔다. 인민위원회라는 것이 생기고, 동네 사람들 사이에 보이지 않는 선이 그어졌다. 어떤 집은 사촌과 형제들 사이에도 이쪽저쪽 선을 가르는 것 같았다. 인공사무실도 생겼다. 학교나 면소 같은 사무실이 아니라 마당 너른 학산집 한쪽을 사무실로 썼다.

사람들은 같은 마을 사람들이 보는 앞에 인민위원회 사무실에 드나드는 걸 꺼렸지만, 세일은 집에서 그러지 말라고 해도 수시로 거기에 기웃거리며 누구를 불러오너라, 사람들을 어디로 모이라고 해라, 하는 심부름을 했다.

"허이 참, 숭어가 뛰니 망둥이도 뛴다고 난리가 나니 해파리까지 나서서 파발을 뛰네."

차무집 어른 귀에까지 그런 말이 들려 단속을 해도 그때뿐이었다.

"지금 인민위원회 사람들이나 쟤나 다를 게 뭐가 있겠나. 그동안 사람 구실을 못하다가 그런 심부름이라도 하고 다니는 걸 벼슬처럼 여기는 모양이니 니가 잘 타일러라."

세일은 형이 좋은 말로 타이르면 한 이틀 집에 붙어 있다가 어른들이 논밭에 나간 사이 다시 슬금슬금 거기로 나가 사람 불러오는 심부름을 했다. 이웃 마을 경금에서는 지난날의 원한을 엮어 같은 마을 사람들끼리 죽이고 죽는 일까지 일어난 모양이었다. 우추리도 몇몇 인민위원회 사람들은 날을 세운 창처럼 끝을 뾰족하게 깎은 죽창을 들고 다녔다. 여름 난리가 길어지며 마을 사람들은 조금씩 두려움에 떨기 시작했다.

"아버지, 이용군(의용군)이 뭐래요?"

종일 아랫마을에 있다가 온 세일이 저녁 때 물었다.

"니, 그 말은 어디서 들었더냐?"

"아까 학산집에 가니까, 아니요, 길에서 덕출이 아저씨를 봤는데요. 내일모레 군당에서 이용군 뽑으러 사람이 온대요."

"그 얘기만은 아닐 테고 또?"

"송정댁 아저씨가 학교에 다 모이게 해서 바로 뽑아간대요."

벌써 열흘 전부터 나온 얘기였다. 마을에서 대략 누구와 누가 지원한다는 얘기도 있었고, 부족한 숫자는 또 어떻게 맞춘다는 얘기도 있었다. 만약 집안의 젊은 사람이 몸을 피하면 인공사무실에서 그 집을 가만두지 않을 거라는 말도 있었다. 그러나 당장 내일모레 사람을 뽑아간다는 얘기까지 들은 다음 그대로 앉아 당할 수는 없었다.

"오늘 밤이라도 떠나거라."

저녁상을 물리고 나서 차무집 어른이 아들을 불러 말했다.

"여기에 더 있어서는 안 되겠다. 어떻게 가든 삼척을 지나 평해로 해서 남쪽으로 내려가거라."

새댁은 깊이 감추어두었던 패물들을 내놓았다. 시집을 때 받은 세 돈짜리 반지와 은가락지 두 개, 친정에서 받아온 한 돈짜리와 반 돈짜리 실가락지도 있었다.

"반 돈짜리도 아쉬울 때 그냥 쓰지 말고 반을 잘라서 쓰세요. 아무리 난리 중이래도 이거 반이면 쌀 한 말은 쉽게 구할 수 있어요.

다른 반지들도 그냥 쓰지 말고 금을 다룰 줄 아는 사람을 찾아서 길게 늘려 필요할 때마다 조금씩 잘라서 쓰면 돼요. 그리고 이건 제 생각인데 도련님을 데리고 가는 게 좋겠어요."

"세일이는 왜?"

난리가 아니라 더한 일이 터져도 세일이 같은 경우는 피난을 떠나고 말고 할 것도 없는 사람이었다. 세우는 혼자 떠나기도 쉽지 않은데 세일까지 왜 데리고 떠나라고 하느냐는 얼굴로 새댁을 바라보았다.

"일신이 멀쩡한 장정이 혼자 떠나는 것보다 도련님을 데리고 가면 여러 가지로 도움이 될 거 같아서 그래요."

사지 가운데 겨우 오른팔 하나만 성해 혼자서는 일어서지도 못하는 동생이었다. 새댁은 암만 난리 중이라지만 가다가 길에서 붙잡혔을 때 국방군이든 인민군이든 누가 그런 동생을 등에서 떼어내고 잡아들일 수 있겠느냐고 했다.

"네가 나보다 생각이 더 깊구나."

차무집 어른도 세일과 함께 떠나라고 했다. 세우는 그날 밤 세일을 데리고 읍으로 나가는 산길을 넘었다. 아들이 떠난 다음 한바탕 집안이 곤욕을 겪기는 했지만, 이틀 후 정말 군당인지 뭔지 하는 곳에서 나와 그날로 사람 열을 채워 끌고 갔다. 여섯은 지원자였고 넷은 억지 끌림이었다. 억지 끌림 중엔 세우와 동갑도 있었고 한 살 더 많은 초시집 둘째 아들도 끼어 있었다.

그 일이 있고 난 다음 해방전선으로 보낼 성미를 모곡했다. 지난 번 일도 있어 차무집 어른은 남보다 많은 쌀을 냈다. 예전 당두집 머슴에서 자립한 덕출이 면에서 나온 인민위원장 옆에 붙어 서서 이 집은 한 가마니를 온전히 내도 부족하다고 해서 몸을 피한 아들에 대해 행여나 다른 소리가 나올까봐 미리 입을 막듯 쌀 두 가마니를 내놓았다. 아들만 성하고 집안만 성하다면 어떤 일로든 부딪치지 않는 게 수였다.

남보다 쌀을 많이 내고도 소까지 빼앗긴 건 며칠 후의 일이었다. 그날은 차무집 어른도 새댁도 집에 없었다. 난리 중에도 사람들은 난리와는 상관없는 일로 병들고 앓고 목숨을 잃었다. 새댁의 친정 할아버지가 세상을 떠났다고 기별이 왔다. 난리와 상관없는 일이어도 겹치면 그게 또 난리 중에서도 제일 큰 난리와도 같은 일이 되었다. 배 속에 아이까지 가진 새댁을 그냥 기별꾼하고만 보낼 수 없어 세일어멈이 납돌 집 앞까지 데려다주고 왔다. 그리고 이틀 후 장례를 치르는 날 차무집 어른이 사돈집으로 갔다.

바로 그날, 쌀을 실은 수레를 끌고 갈 소를 징발하러 군인과 함께 면인민위원회 사람들이 왔다. 덕출도 지난번에 차무집이 자신의 말 몇 마디로 쌀 두 가마니를 낸 것이 과하다고 느꼈던지 그들을 데리고 회나무집으로 갔다. 이번에도 덕출이 김 영감과 실랑이를 하고, 따라온 군인은 옆에 총을 들고 서 있었다.

"글쎄, 이 동네에서 쌀 여덟 가마니를 끌고 소목고개를 넘을 만한 소가 회나무집 소밖에 없다니요."

"왜 없다는 거야. 요 바로 위에 차무집 소도 힘이 얼마나 좋은데 그래."

"그 집은 지난번 성미를 낸 것만으로도 충분하고요."

"그깟 쌀 두 가마니하고 소를 대느냐고?"

"어이구, 쌀 두 가마니를 그깟이라고 하는 양반이 엊그제 성미 낼 때는 왜 쌀 한 말 가지고도 바들바들 떨었소? 그래서 여기로 온 거니까 얼른 비켜요."

덕출은 죽창을 비껴 세우며 땅을 굴렀다. 그러나 김 영감은 한 치도 물러서지 않았다.

"이 소를 끌고 가면 동네 전답은 뭘로 갈아?"

"그거야 다른 집 소로 갈면 되지요. 차무집 소도 있고, 진재집 소도 있고, 유복이집도 소가 있고."

"여보게 덕출이, 올해도 골 이쪽 안의 전답은 이 소가 다 갈았다구. 차무집은 소가 있으나 마나여. 벌써 몇 해째 남한테 빌려주지 않잖어."

덕출도 거기까지는 생각하지 못했다. 그 소는 몇 해째 동네일에 나서지 않는 소였다.

"동네를 위해서도 이 소가 남아야 한다구. 그리고 진재집 소도 쌀 여덟 가마니 정도는 거뜬하게 끈다구. 그 집도 엊그제 성미 많이 낸 게 아니잖어."

김 영감은 외양간 문에 바짝 붙어서서 팔을 벌렸다.

"우리가 가진 게 뭐가 있다고 그래. 살림 때문이면 차무집으로 올라가라구. 그 집은 살림도 좋고, 소도 남 빌려주지 않으니까."

"이보시오, 동무!"

이번엔 저쪽 군인이 나섰다. 그는 어깨에서 총을 내려 김 영감의 가슴에 댔다.

"셋을 셀 때까지 죽고 싶지 않으면 나오시오!"

그러나 김 영감은 비키지 않았다. 식구들은 모두 흙빛이 되어 김 영감과 저쪽 군인을 번갈아 쳐다보았다. 떨고 있는 정도가 아니라 사시나무가 바람에 흔들리는 듯했다.

"하나!"

"……."

"둘!"

정지된 시간 속에 군인은 일정한 간격을 두어 숫자를 세었다. 김 영감은 외양간 문에 두 팔을 벌리고 버티고 선 채 눈을 감고 미동조차 않고 있었다.

"지도원 동지!"

앞으로 나선 건 덕출이었다.

"차무집으로 가지요. 말을 들어보니 차라리 그 소를 가져가는 게 나을 것 같수. 남한테 빌려주는 소도 아니고."

군인이 총을 거두었다.

"성미 많이 냈다는 집 말이오?"

"예. 대신 이 집 소를 두 집 걸로 하면 되지요. 다음에 팔아서 나누든지 반 마리 값을 셈하든지."

덕출의 말에 김 영감도 문을 막아섰던 손을 풀고 군인 앞으로 나왔다.

"그렇게 하지요. 그거는 하라는 대로 하지요."

"좋소. 그럼 동무도 함께 갑시다."

군인과 인민위원회 사람들이 앞서고, 그 뒤에 김 영감이 죄인처럼 고개를 숙이고 사립문으로 들어섰다. 마당엔 빈집에 소꼴을 베어주기 위해 삼박골 사위가 와 있었다. 덕출은 차무집 사위에게 수레를 끌고 갈 소에 대해서 말했다.

"안 돼요. 이 소가 어떤 소인데."

이 집에서는 세일어멈이 외양간을 막아섰다.

"죽고 싶소?"

저쪽 군인은 회나무집에서와는 달리 처음부터 총부리를 세일어멈에게 들이댔다.

"난 그런 거 안 무섭소. 날 죽이든 말든 그건 맘대로 해도 소는 맘대로 못하우."

차무집 어른뿐 아니라 세일어멈으로서도 목숨을 걸고 지켜야 할 소였다. 급해진 건 오히려 덕출이었다. 덕출은 차무집 사위에게 지난번에 성미를 많이 냈는데도 다시 소를 가지러 온 게 세우 때문이라고 했다. 회나무집 소에 대한 얘기도 했다. 세우가 뛴 것 때문에 의용대를 뽑던 날 학교에서의 분위기가 어땠는지 사위도 잘 알고 있었다. 그리고 다시 이렇게 소를 가지러 사람들이 몰려온 것이었다.

"장모님은 좀 가만히 기셔보세요. 그러니까 덕출이 자네 얘기는 회나무집 소를 공동으로 하란 말이제?"

"그렇다니까 자꾸 그러네. 지난번에 세우가 뛴 것도 그렇고, 또 자네 장인이 누구한테도 소를 빌려주지 않으니 이 소는 동네에 있으나 마나 한 소라구."

"영감님도 틀림없이 그렇게 하는 거지요?"

사위는 김 영감에게도 다짐하듯 물었다.

"그라믄. 내가 소 반 마리 값을 치르든지 이다음 팔아서 나누든지 한다니까. 아무렴 뿔 없는 소보다야 금이 좋지 않겠는가?"

덕출도 이 일의 증인이 되겠다고 했다. 사위는 김 영감만 약속한다면 소를 가져가도 좋다며 세일어멈을 외양간 문 앞에서 나오게 했다.

"이보시게 삼박골 사람, 아버지 오시면 어떻게 하려고 그러는가? 이 소가 보통 소가 아닌 건 삼박골 사람도 잘 알잖은가."

"알지요. 아니까 이러지요."

"난 모르이. 이 집 안주인 목숨을 이어받은 소를 보내고도 내가 어떻게 이 집에 살 수 있겠는가. 꼭 가져가려면 날 죽이고 가져가라고 하게."

"소를 가지러 총까지 들고 온 거라면 차리리 장인어른 안 계실 때 보내는 게 낫지요."

삼박골 사위는 정말 힘없이 소를 보내고 말았다. 우추리에서는 아직 그런 일이 없었지만 이웃 마을에서는 대통에 피를 담은 사람이 나왔다. 거기에 처남도 의용대 모집에 앞서 마을을 튀어버렸다. 아무리 장모의 목숨을 이어받은 소라지만 소 때문에 사람이 다칠 수는 없는 일이었다. 만약 장인어른이 있었다면 소는 소대로 잃고 사람까지 다쳤을 것이라고 했다.

고삐를 푼 사람도 삼박골 사위였다. 그런 중에 삼박골 사위가 한 일이라고는 외양간을 나서며 잘랑거리는 워낭을 외뿔소의 목에서 떼어 벽에 걸어놓은 것뿐이었다. 사립문을 나가며 소는 마당을 돌아보고 구슬피 울었다.

"무우……. 무우……."

차무집 어른을 찾는 눈치였다. 낯선 사람들에 둘러싸여 한번 끌려가면 다시 올 수 없다는 걸 외뿔소도 아는 듯했다.

"무우……."

외뿔소는 다시 뒤를 돌아보고 슬픈 모습으로 길을 떠났다.

이 집 안주인이 세상을 떠나던 기묘년(1939년) 가을에 태어나, 수소로서는 십 년도 넘게 차무집 외양간을 지켰다. 그러나 차무집 주인에게 그것은 오랜 시간이 아니었다.

떠난 소가 지키는
외양간

　그날 저녁 한바탕 난리가 났다. 사돈 장례에 다녀온 차무집 어른이 집 안에 들어서며 외양간부터 살폈다. 외양간에 코를 뚫은 지 얼마 되지 않은 작은 암송아지 하나만 매어져 있고 큰 소가 보이지 않았다.

　"할미소 어디 간?"

　"저어⋯⋯."

　세일어멈이 가슴이 콱 막혀 말을 더듬었다.

　"어디 갔냐니까?"

　"낮에 아랫말 덕출이가 왔어요."

　세일어멈은 일의 자초지종을 말했다.

　"뭐라구, 이놈들이! 소꼴을 베어주랬더니 나 없는 새 소를 넘겨?"

차무집 어른은 서둘러 덕출을 찾아 인공사무실로 갔다. 그러나 소는 이미 소목고개를 넘은 다음이었다. 차무집 어른은 완전히 실성한 사람처럼 돌아왔다. 그때까지 사위는 삼박골로 돌아가지 못하고 집에 있었다.

"너는 대체 뭐 하는 놈이야? 뭐 하는 놈인데 지가 살자고 제 장모 목숨을 받은 소를 내줘? 그러고도 자네가 사람이야?"

이웃집에서도 오고, 소를 끌고 간 덕출이도 오고, 회나무집 영감도 왔다. 누가 어떻게 달래도 차무집 어른은 완전히 넋이 나간 사람 같았다. 차무집 어른이 있었다면 목숨을 내놓으면 내놓았지 절대로 넘기지 않을 소였다. 그래서 혼자 죽는다 해도 좋았고, 소와 함께 죽는다 해도 좋았다. 차무집 어른은 한여름인데도 이불을 쓰고 누웠다.

친정에서 삼우제를 마치고 돌아온 새댁도 외뿔소가 없는 외양간을 보고 놀랐다. 시집와서 처음 의아하게 생각했던 것이 외양간에 매어져 있는 뿔이 하나 없는 소를 식구들이 정말 어머니의 분신처럼 여기는 모습이었다. 처음엔 별스럽게 생각했지만 새댁도 금방 다른 식구들과 똑같이 소를 대하게 되었다.

"아버님. 그만 일어나셔요."

"일없다. 내가 이제까지 그놈들에게 고분고분했던 것도 그게 다이 집의 사람 목숨을 위하고 할미소 목숨 위해서였어. 행여 그놈들이 난리 중에 소를 어쩌지 않을까 늘 걱정을 했는데, 내가 없는 사이에 소를 내주다니……"

"무슨 방법이 있겠지요."

"방법은 무슨?"

그러던 차무집 어른이 다시 자리에서 일어나 상을 받은 건 새댁의 끈질긴 설득 때문이었다.

"아버님."

"말해라."

"그날 아버님이나 제가 집에 있었으면 소를 안 잃었겠지요."

"그럼 안 잃지."

"아버님은 목숨으로 지키셨을 테고, 저는 그렇게는 지키지 못하더라도 회나무집에 다른 걸 내주더라도 어머니 소를 지키고 회나무집 소를 보냈을 겁니다."

"당연히 그렇게 해야지."

"아버님은 어머니 소가 회나무집 소 대신 끌려갔다고 생각하시지요?"

"그럼 아니란 말이냐?"

"저는 그런 것도 있지만 어머니 소가 다른 집 소 대신 끌려간 게 아니라 아들 대신 끌려갔다고 생각합니다."

"배께다* 말이냐?"

* 밖에 아이. '바깥 사람'이란 뜻으로, 출가한 아들을 일컬음.

"예. 배께다가 몸을 피하지 않고 의용대에 끌려갔다면 누구도 이 집으로 소를 가지러 오지 않았겠지요. 아버님도 쌀을 그렇게 많이 내놓을 일이 없고요."

차무집 어른도 그 말에 수긍했다.

"저는 아버님의 며느리고 또 배께다의 안사람입니다. 저는 배께다가 떠난 다음 어머니 소가 대신 끌려갔기 때문에 배께다가 지금 어디에 있든 난리가 끝난 다음 도련님과 함께 무사히 돌아올 거라고 믿어요."

어른을 설득하기 위해 말로만 그러는 게 아니었다. 친정에서 돌아와 소가 끌려간 얘기를 듣고 외양간의 빈자리를 보았을 때 처음 들었던 생각이 그것이었다. 그래서 외뿔소의 빈자리를 향해 두 손을 합장하고, 어머니, 그 사람을 꼭 지켜주십시오, 하고 기도하듯 말했다.

며느리는 또 시아버지에게 어머니 소가 수소인 것도 생각을 해보아야 한다고 말했다. 수소의 열두습이면 그것도 적은 나이가 아니고, 아마 새끼를 낳을 수 없어 그런 방법으로 자기의 뒤를 이를 소를 준비하려 했던 것일 수도 있다고 했다.

"제 생각은 그렇습니다. 끌려간 것도 다른 소 대신이 아니라 배께다 때문에 대신 끌려가고, 또 아버님은 아직 정정하시구요. 그러니 새로 어머니 소를 대신할 다음 소도 필요하구요."

그런 며느리의 말을 전부 들어서는 아니지만, 차무집 어른은 자리를 털고 일어나 회나무집을 찾아갔다. 김 영감도 난리가 끝나 소를 팔면 반 마리 값을 주겠다고 했다. 그 돈으로 다시 할미소를 대신할 소를 사 맬 작정이었다.

그러던 김 영감이 마을에 국군이 들어오고, 산속에 숨었던 덕출이 마을 장정들에게 붙잡혀 읍내로 끌려가자 태도를 바꾸었다.

"나는 내 소를 목숨으로 지켰지러. 그런 걸 너희는 왜 못 지켜?"

"자네가 그 사람들을 우리 집에 끌고 왔다면서?"

"왜 내가 끌고 가? 덕출이 앞장섰지. 그리고 내가 고삐를 풀었남? 나는 그놈들이 총을 들이댈 때 죽으면 죽었지 못 주겠다고 거절했어. 그런데 자네 사위는 그게 무서워 아무 소리도 못하고 제 손으로 고삐를 풀어주었지. 왜 죄 없는 나를 잡고 그래?"

차무집 아들 세우도 겨울이 다 되어서야 부산에서 세일이와 함께 거지 중에서도 상거지가 되어 돌아왔다. 피난처에서도 세일이 밥동냥을 해서 형을 먹여 살렸고, 이런저런 고비가 닥쳤을 때마다 혼자서는 걸음도 못 떼는 시늉을 하는 세일을 업고 위기를 넘겼다고 했다. 가져간 반지도 제대로 쓴 데 없이 다 없어졌다고 했다. 그거야 아무래도 좋았다. 부엌에서 외양간을 바라보다가 새댁은 그게 모두 어머니 소가 남편 대신 끌려가며 지켜준 덕분인 것 같아 다시 외뿔소의 빈자리를 향해 고개를 숙였다.

외양간에 혼자 남은 송아지는 어느새 어른소가 되었고, 쫓겨간 북쪽 군인들이 다시 밀고 내려온 겨울 난리 끝에 세우의 큰아들이 태어났다. 차무집 어른의 첫 손자였다. 난리가 끝난 후에도 차무집 어른은 끈질기게 김 영감을 찾아다녔다. 그러나 김 영감은 들은 체도 하지 않았다.

"나는 소도 소지만, 빨갱이들에게 도움을 주기 싫어 그랬지러. 자네는 그놈들에게 쌀도 두 가마니씩이나 퍼주고 소까지 주었지러. 자네가 자꾸 소값 얘기를 하면 나도 이 얘기를 읍내 지서에 가서 죄다 말해버릴라네."

"그래, 자네는 말을 해도 꼭 그렇게 하지."

"좌우지간 나는 소 값 못 주네. 길을 막고 물어보게. 내 말이 옳은지 그른지."

사실 할 말이 없었다. 그러나 차무집 어른은 소 반 마리 값이 문제가 아니었다. 차무집 어른으로선 받을 수 없다는 걸 알면서도 절대 포기할 수 없었다.

차무집 어른은 외뿔소가 없는 외양간에 정성을 다했다. 외양간을 반으로 나누어 한쪽에는 소가 있었지만, 한쪽엔 소가 없는데도 구유는 언제라도 쇠죽을 담을 수 있게 깨끗하게 치웠고, 바닥에는 푹신하게 짚을 깔아두었다. 외양간 바람막이로 둘러칠 이엉도 손수 엮었다. 회나무집에 헛걸음도 날마다 했다.

"정 그러면 우리 돈으로 한 마리 사죠?"

보다 못한 아들이 구유를 닦아내는 아버지를 보고 조심스럽게 말했다.

"말 같지 않은 소리. 소면 다 같은 소라더냐? 그리고 집에 소가 없어서 우리 돈으로 소를 사?"

회나무집으로부터 받아야 할 소 반 마리에 대한 차무집 어른의 집착은 난리가 끝난 지 오 년이 지나 회나무집 김 영감이 세상을 뜰 때까지 계속되었다. 동네에서 김 영감의 죽음을 가장 안타까워한 사람도 차무집 어른이었다.

회나무집 영감이 돌아가 이제는 누구에게도 소 반 마리 값에 대해 말할 수 없게 되었을 때 차무집 어른은 경신년 단오 이후 무 자르듯 끊었던 술을 조금씩 입에 대기 시작했다. 술을 마시면 이제 다섯 살, 세 살 된 손주를 앉혀놓고 일찍 세상을 뜬 아내와 난리 중에 이별한 소에 대한 얘기를 했다.

"느 할미는 열여섯 살에 시집을 왔니라. 그때는 모양이 참 고왔제. 몸이 약해서 일찍 저 세상으로 가고, 다시 소원하던 소로 와서는 또 난리 중에 니 애비 대신 전쟁터로 끌려갔니라. 고기가 귀하던 때였으니 가서는 또 그 길로 잘못되었을 게야."

차무집 어른은 조끼 주머니에서 쇠이빨을 꺼내 그걸 뿔에 담아 손주에게 내밀었다. 그러면 손주들이 반쯤 장난삼아 그것을 할아버지 귀에 대고 흔들었다.

"들려요, 할아버지?"

"그래. 들리는구나."

차무집 어른은 쇠뿔과 쇠이빨이 달그락거리는 소리 속에 일찍

저 세상으로 떠난 아내의 목소리를 듣고, 할미 소 울음소리를 듣고, 먼 천둥처럼 우는 대포 소리를 들었다.

보내미 날에
태어난 아이

일찍이 흰별소 이후 차무집 외양간을 지킨 소들은 저마다 자기만의 독특한 이름을 가지고 있었다. 노름빚에 팔려온 어린 송아지 그릿소가 흰별소를 낳고, 흰별소가 미륵소를 낳고, 미륵소가 버들소를 낳고, 버들소가 화둥불소와 흥걸소를 낳고, 흥걸소가 외뿔소와 콩죽소를 낳았다.

그러나 난리 중에 외뿔소가 끌려간 다음 혼자 외양간을 지키던 암송아지는 따로 이름이 없었다. 외뿔소가 떠난 빈자리가 커서 아무도 혼자 남은 이 송아지에게 이름을 지어줄 생각을 하지 못했다. 다 자라서도 그 소의 이름은 그냥 소였다. 오래 외양간을 지키면서도 이름이 없다는 건 소가 주인에게 특별한 인상을 주지 못해서일 수도 있지만, 반대로 그 소를 특별하게 여기며 살갑게 대해주는 식구가 없다는 뜻이기도 했다. 그만큼 외뿔소의 빈자리가 컸다.

이 이름이 없는 무명소는 어린 시절 콩밭 한 자리를 쑥밭으로 만들어버린 콩죽소의 일곱 번째 새끼였다. 어느 소나 그 소가 낳은 여러 새끼들 가운데 일고여덟 번째의 새끼가 태어날 때 몸이 가장 실했다. 그래선지 따로 이름이 없어도 잘 자랐고 새끼도 잘 낳았다. 암소여도 동네의 웬만한 황소들보다 덩치도 컸다.

회나무집 영감이 세상을 떠나 차무집 어른이 소 반 마리 값을 영영 받을 수 없게 되었을 때 그동안 비어 있던 외뿔소의 자리를 다시 송아지 울음소리로 채운 것도 이 이름이 없는 무명소였다.

세상의 어느 일이나 그랬다. 실제 돌에 손가락을 찧어가며 만리장성을 쌓은 사람들과 물집이 잡혀가며 대운하를 판 사람들과 커다란 궁궐을 지을 때 목재를 올리고 지붕을 올린 사람들은 모두 그런 이름 없는 무명씨들이었다. 세상의 수레바퀴가 무명씨의 힘으로 굴러가는 것이었다.

차무집 외양간도 무명소의 새끼들로 다시 채워져 그때부터 항상 두세 마리의 소가 외양간을 지켰다. 마당 안쪽 살림집에도 늘 사람들의 웃음소리와 아이들의 울음소리가 들렸다. 고양이눈이 있는 납돌마을에서 시집온 새댁은 겨울 난리 중에 첫아들을 낳고, 이태 후또 아들을 낳았다. 그리고 세 아이를 더 낳았다. 셋째 아들은 정유년 늦은 봄에, 딸은 다음 해 무술년 겨울에, 그리고 이 집의 막내아들은 신축년(1961년) 소의 해 이른 봄에 태어났다.

그날 무명소는 차무집 어른과, 또 아이들의 아버지와 함께 보내미를 나갔다. 보내미는 그해 봄의 첫 밭갈이지만 정식 밭갈이는 아니었다. 요즘 말로 하면 오래 세워두었던 기계를 시운전해 보는 것과 같았다. 봄눈이 녹으면 농부는 그동안 헛간에 넣어두었던 쟁기를 꺼내 지게에 얹고 소와 함께 밭으로 나갔다. 농사철이 시작되기 전에 겨우내 외양간에 웅크리고 있었던 소의 건강과 밭의 무름, 쟁기의 이상 유무를 점검해보는 것이었다.

지난해에 쓰던 쟁기줄*이 삭지는 않았는지, 겨우내 소가 살이 쪄 몸이 커졌으면 쟁기줄의 길이도 조정해 늘이고, 헛간에 보관해두었던 쟁기의 나무와 쇠의 이음새가 헐거워지지는 않았는지, 헐거워졌으면 그 자리에서 쐐기를 박아 단단하게 고정시켰다.

보내미도 아무 날이나 막 하는 게 아니었다. 손 없는 날을 골라 (소의 날이면 더욱 좋고) 소머리를 어느 방위로 두고 첫 보습을 대고 나가야 하는지, 나중에 쟁기를 풀 때는 또 소머리를 어느 쪽으로 해야 하는지 미리 다 알아보고 밭으로 나갔다. 설이 지나자마자 낳은 무명소의 새끼도 어미를 따라갔다. 보내미는 이제 한 해 농사를 앞두고 사람과 소와 쟁기가 대지 위에서 한 몸이 되어 몸을 푸는 새봄의 경건한 의식이기도 했다. 그래서 미리 좋은 날을 가려 받는 것이었다.

* 소 어깨의 멍에와 쟁기를 연결한 동아줄

"소머리 방위는 어디로 두죠?"

"동남향으로 두고 어디 나가보아라."

겨우내 외양간에만 있던 무명소는 오랜만에 몸을 풀 기회가 왔다는 듯 콧김을 씩씩대며 쟁기를 끌었다. 밭둑엔 눈 녹기 무섭게 애쑥이 올라오고, 달래와 냉이가 땅심을 받아 고개를 내밀었다. 소가 쟁기를 끌고 나가야 할 저쪽 밭 끝에서는 누가 땅 밑에 불이라도 때듯 아지랑이가 어른거렸다.

"워, 워."

아이들의 아버지는 무명소의 고삐를 바짝 당겨 오히려 속도를 조정했다.

"아주 근질근질하던 참이었구나."

차무집 어른은 비록 보내미일망정 무명소가 씩씩거리며 쟁기를 끄는 모습을 흡족한 얼굴로 바라보았다. 무명소가 단숨에 한 이랑을 갈자 이번엔 쟁기를 좀 더 깊이 넣어보라고 일렀다. 아들이 쟁기를 잡은 손에 힘을 주었다. 그러자 무명소도 어디 한번 내기를 해보자는 식으로 콧김을 더 세게 내뿜으며 꽁무니에 쟁기가 아니라 산 하나를 매달고 앞으로 나가듯 힘을 썼다.

땅은 깊이 갈아졌고, 보습은 눈 녹은 대지 속에 미끄러지듯 햇볕 아래 반짝였다. 땅과 쟁기만이 아니었다. 쟁기를 잡은 사람과 그것을 앞에서 온 힘을 들여 끄는 소까지 네 가지가 한데 어울려 그것이 이른 봄날 풍경과 일체가 되는 것이었다.

"용타!"

차무집 어른이 밭가에서 추임새를 넣었다. 겨우내 눈도 적당히 와 밭의 무름도 좋았다.

"한 골 더 갈아볼까요?"

"한번에 너무 기운 쓰면 소가 놀라는 게 아니라 땅이 놀라지. 그만 떼어라."

아이들 아버지는 이번엔 소머리를 서북향으로 두고 쟁기를 떼었다. 세일이 얼른 다가가 형으로부터 소고삐를 받았다.

밭에서 돌아오니 벌써 사립문에 금줄이 쳐져 있었다. 햇빛과 바람에 흰 창호지가 날리고, 검은 숯검정 사이로 어른 가운뎃손가락보다 더 크고 굵은 고추가 매달려 있었다.

"허허, 또 아들을 낳았구나."

금줄 아래로는 식구들만 드나들 수 있었다. 가장 먼저 금줄을 통과한 것은 검은 눈의 송아지였다. 그 다음 무명소를 몰고 세일이 통과하고, 지게를 진 아이 아버지가 통과하고, 차무집 어른이 통과했다. 예부터 미리 정한 보내미날에 아이를 낳아도 좋고, 외양간의 다른 소가 송아지를 낳아도 좋다고 했다. 아이를 낳은 시간도 밭에서 한창 보내미를 할 때였다. 보내미날을 고르던 중에서 제대로 고른 셈이었다.

"아이 기운이 아주 승할 것 같구나."

차무집 어른도 아주 흡족해했다. 낳으면서 산모도 크게 힘들어

176

하지 않고, 아이의 울음소리도 컸다고 했다. 세일어멈이 해산수발을 하며 아이를 받아 씻겼다. 첫 할머니의 얼굴을 본 적이 없는 이집의 네 아이들에게는 세일어멈이 친할머니와 같은 사람이었다. 세일이 역시 친삼촌과 같은 사람이었다.

"허허, 보내미날에 났으니 이 녀석도 이다음 소와 꽤 친하겠는걸."

다시 차무집 어른이 흡족하게 웃었다. 어린 날 차무집 어른에게 어머니가 늘 그렇게 말했다. 너는 소와 함께 태어나고, 소가 워낭만 울려도 까르르 웃곤 했다고. 그 소가 이 집의 첫 소 흰별소였다. 그러나 더 생각나는 건 한쪽 뿔이 없는 외뿔소였다. 어쩌면 이 아이도 소의 해, 소의 봄날, 소의 기운을 받고 태어난 것인지 몰랐다.

'하늘에 있겠지. 어디에 있든 저 소띠 아이를 잘 지켜주게.'

차무집 어른은 마음속으로 난리 때 집을 떠난 외뿔소에게 말했다.

이 집의
해파리 아들

　매화꽃까지 활짝 피어 마당의 빛이 밝아와도 차무집 어른한테는 오래전부터 마음 안에 큰 걱정거리가 있었다. 작은 아들 세일의 장래 때문이었다. 어른이 되어서도 세일은 두 다리를 쓰지 못해 절룩절룩 동네를 돌며 가는 곳마다 눈총과 업신여김을 받았다.

　'저게 사람 구실을 잘 하고 살아야 할 텐데.'

　차무집 어른은 그게 늘 걱정이었다. 그래서 불구의 몸에도 가혹하다 싶을 만큼 혹독하게 일을 가르쳤다. 몸이 아무리 그렇더라도 남들이 하는 일을 절반이라도 따라하고 마음만 바로 쓰면 이다음 형제간의 우애 속에 세상 사는 일도 그렇게 어렵지 않을 거라고 생각했다.

　"우리 세일이 조카를 또 낳으니 좋으냐?"

"히히, 좋지요, 그럼."

"그래. 우리 세일이도 장가를 가서 아이를 낳고 살아야지. 일도 열심히 하고."

"히히, 지금도 일 열심히 하고 있어요."

"그래, 뭐든 열심히 해야지."

벌써 여러 해 전의 일이었다. 새로 마루를 놓으며 두 명의 목수가 열흘 넘게 마당 가득 톱밥을 뿌리며 대팻밥을 일궈냈다. 그들은 이 세상에서 가장 큰 톱을 가지고 일했다. 나무를 자르는 톱이 아니라 큰 통나무를 옆으로 켜는 톱이었다.

동네 사람들도 구경 와서 이따금 톱을 잡았다. 어떤 땐 먹줄만 그어놓은 통나무를 그 자리에서 반으로 켜버리기도 했다. 어떤 일에도 내기 붙이기를 좋아하는 병삼이도 자주 놀러왔다.

"햐, 이게 힘만 가지고는 잘 안 되네."

병삼은 통나무를 반쯤 켜나가다가 이마의 땀을 닦았다.

"야, 세일아. 니가 이거 함 켜봐라."

"아이구, 그걸 내가 어떻게 켜요?"

"니가 이거 한 치*만 켜면 내가 백 원을 주마."

"에이, 저는 못 해요."

* 3센티미터

병삼이가 내기를 붙이자 잠시 일을 쉬던 목수도, 구경을 하러 올라온 동네 사람들도 모두 일을 부추겼다.

"이런, 해봐. 해보고나 못 한다고 해야지."

"해봐도 지는 못해요. 제가 어떻게 저걸 켜요."

사람들이 팔을 잡아끌어도 세일은 주춤주춤 뒤로 물러나기만 했다. 그때 사랑에 있던 차무집 어른이 마당으로 나왔다.

"그러면 병삼이 자네가 우선 나무 위에 백 원을 얹어놓게."

세일이가 자꾸 뒤로 빼자 병삼은 자신 있다는 태도로 주머니에서 시퍼런 백 원짜리 하나를 뽑아 톱이 걸쳐진 나무 위에 올려놓았다.

"우리 세일이가 이걸 한 치 켜 나가면 나도 여기에 백 원을 내마."

차무집 어른도 쌈지를 열어 백 원짜리 종이돈을 통나무 위에 얹어놓았다.

"그러면 어르신, 세일이가 저걸 못 켜면 어르신이 저한테 백 원을 줘야 내기가 되쥬."

"그래. 그럼 저걸 세일이가 켜면 세일이가 갖고, 못 켜면 병삼이 자네가 집어넣으면 되지."

"아이구, 아니래요 아버지, 지는 못 켜요. 내기하지 말아요."

세일이가 다시 벌게진 얼굴로 손사래를 쳤다.

"봐라, 세일아. 하고 못 하고는 끝까지 해봐야 아는 거야. 왜 해보지도 않고 못 한다는 소리부터 하누. 아버지가 니가 어디 힘 한번 쓰는 걸 보고 싶어서 그러니 어서 톱을 잡아라. 일단 시작해보고 나서 정 못 하겠다 싶으면 그때 손을 놔."

"그래. 세일아, 한번 해봐."

"해봐요, 삼촌."

큰아들 세우와 조카들까지 나서서 편을 들었다. 세우는 뒤로 물러서는 세일을 잡아 다시 통나무 앞에 세웠다. 세일도 이젠 더 뒤로 물러서지 않았다. 아까 병삼이 켜던 톱은 이미 통나무 중간에 자리를 잡고 있었다. 목수가 통나무에 자를 대고 세일이 켜 나가야 할 자리에 표시를 했다. 병삼이도 좋다고 했다.

세일은 손바닥에 침을 탁 뱉은 다음 한 손으로는 톱을 잡고, 다른 한 손은 옆구리 쪽에서 가슴 쪽으로 바짝 끌어당겨 붙이고 톱질을 시작했다. 한쪽 팔만으로 커다란 톱을 힘겹게 밀어 넣고 끌어당겼다. 다른 사람들이 할 때보다 시원스럽지 않았지만 세일의 발아래에 가는 톱밥이 떨어져 내렸다.

"잘한다, 영차."

차무집 어른이 뒤에서 힘을 넣어주었다. 옆에 서서 바라보던 세우와 조카들도 함께 영차를 합창했다. 세일은 아버지와 형이 불러주는 영차 소리에 맞춰 한 손으로 계속 톱질을 했다. 세일의 얼굴엔 어느새 송글송글 땀이 솟았다. 얼굴도 벌겋게 달아올라 용을 쓰듯 일그러졌다. 그러나 뒤에 선 가족들의 응원소리에 톱을 놓을 수 없었다.

아마 다른 사람이 그만큼 톱질을 했으면 세 치는 더 켰을 것이다. 세일의 팔에도 기운이 완전히 빠져나갔다. 그러나 톱질은 계속되었고 그때마다 가는 눈 날리듯 후루루 톱밥이 날렸다.

"세일아, 조금만 더 힘을 내라."

"삼촌, 힘내요!"

톱날이 어느 만큼 나간 다음부터 세일은 톱을 움직이며 숫제 울고 있었다. 땀과 눈물이 함께 나무 위에 떨어졌다. 그러나 톱은 멈추지 않았다.

"그마안, 됐다!"

톱날이 나무 위에 표시한 금을 완전히 먹어간 다음 나이 든 목수가 시합 끝을 알리는 고함을 질렀다. 세일은 톱을 놓고 뒤로 쓰러질 듯 비칠비칠 물러났다. 세우가 뒤에서 동생의 몸을 안았다. 그러나 내기로 건 돈 이백 원 중 백 원은 이미 병삼이 먼저 집어갔다.

"이건 무효야, 무효. 톱질을 하면 앞뒤로 다 해야지 이건 이쪽 앞쪽만 켜고 저쪽은 아까 그 자리잖아."

사람들은 병삼이가 치사하다고 말했지만, 그건 아무래도 좋았다. 차무집 어른은 나무 위에 남아 있는 백 원을 집어 세일에게 주었다.

"아버지, 지는 이런 돈이 없어도 살아요."

"아니야. 이제 너도 스무 살 다 되어 가는데 돈이 있어야지. 넣어 놨다가 어디 요긴하게 써. 이건 네가 장한 일을 해서 아비가 주는 상이니까."

차무집 어른은 다시 세일의 등을 두드려주며 말했다.

"세일아. 니는 처음에 저걸 해보지도 않고 못 한다는 소리부터 했제?"

"야."

"그런데 시방 해보니 할 수 있겠던 못 하겠던?"

"할 수 있어요."

"저걸 한 손으로 켤 수 있는 사람은 이 세상에 많지 않다. 아버지도 형도 못 하고 여기 목수 양반도 한 손으로는 할 수 없어서 두 손으로 하는 게야. 저걸 한 손으로 켤 수 있으면 이 세상 어떤 일도 한 손으로 다 할 수 있다. 삽질도 배우면 한 손으로 할 수 있고, 낫질도 한 손으로 할 수 있다. 그건 나무를 한 손으로 켜는 일보다 더 쉽다. 무슨 말인지 알겠?"

"야."

"시방부터 아버지가 하는 말 단단히 들어라. 이제까지는 니한테 일을 안 가르쳤다만 이번 봄부터 아버지하고 형하고 같이 일을 배우자. 사람은 일을 해서 제 입을 다스려야 하는 게야. 이제까지는 어머이도 형수도 니가 일을 안 해도 늘 따뜻한 밥을 줬지만 이제는 니도 일을 할 수 있으니 일을 하지 않고 노는 날엔 밥을 못 주게 할 거다. 이제부터는 무얼 하든 매일 일을 해야 한다."

"야."

"무슨 일을 하다가 힘들거든 오늘 여러 사람 앞에서 톱질한 것을 생각해라. 소로 논밭을 갈 때처럼 꼭 두 손이 필요해 니가 못할 일도 더러 있겠지만 오늘 톱질처럼 힘이 들더라도 니가 할 수 있는 일은 그보다 더 많다. 앞으로 씨 뿌리는 데도 따라다니고, 밭을 매는 데도 따라다니면서 이제는 너도 일을 하며 살아야 한다."

"야, 아버지."

그해 봄부터 세일은 들일을 배우기 시작했다. 일꾼들은 세일이 따라오면 오히려 일이 더디고 방해가 된다고 했지만 그래도 차무집 어른은 큰아들 뒤에 꼭 세일을 붙여 내보냈다. 때로는 세일어멈이 안타까운 마음에 볼멘소리를 해도 차무집 어른은 집에서고 논밭에서고 단 한 번 세일을 봐주는 법이 없었다.

수풀이 우거지는 봄부터 가을까지 외양간에 있는 소 두세 마리를 한꺼번에 끌고 산으로 가 풀을 뜯기는 건 두 손 멀쩡한 장정이 하루 꼴 서너 짐을 베어들이는 것과 마찬가지의 일이었다. 세일은 어려서부터 소를 늘 봐와서 그런지 불편한 몸으로도 보통 사람들만큼이나 편하게 소를 다루었다. 일하는 논밭으로 끌고 갈 때도 그랬고, 산으로 끌고 갈 때도 그랬다.

그러나 언제나 안타까운 건 세일의 몸이 아니라 그런 가르침의 뜻을 제대로 이해하지 못하는 세일의 어린 머릿속이었다. 차무집 어른은 그럴수록 더욱 열심히 일을 배워야 다른 사람들 속에 사람 구실을 할 수 있다고 생각했다. 어떤 일터에도 세일을 데리고 다니며 절룩거리는 걸음에도 지게질을 시켰다.

사람보다 소와 더 많이
걸은 사람

　차무집의 해파리 같은 아들 세일이 제 일을 갖게 된 것은 서른 살이 다 되어서였다. 그해 정초에 소장수를 하는 조카가 세배를 와서 차무집 어른과 소 얘기를 하게 되었다. 한 파수* 장마다 여러 마리의 소를 사고팔아도 바탕이 진실해 크게 허풍이 없는 사람이었다.

　"그러니까 강릉 우시장에서 사고판 소를 대관령 너머로 사람이 끌고 넘는단 말이지?"

　"야, 아저씨. 반대로 거기 소를 강릉으로 끌고 오기도 하고요."

　"그 일을 누가 다 하누?"

* 닷새

"급하면 자동차로 실어 나르기도 하지만, 운임이 워낙 비싸니 대개는 한 마리에 얼마, 하고 사람 품을 사서 끌고 가쥬. 대관령뿐 아니라 삼팔선 위에 양양까지 소를 끌고 들어가기도 하고 나오기도 하고요."

"자네도 그렇게 하누?"

"급하면 어쩔 수 없지만, 거의 품을 살 때가 많쥬."

"그럼 한 파수 장마다 일은 계속 있누?"

"아무렴요. 멀리 가는데 소를 믿고 맡길 만한 사람이 없으니 비싼 운임 주고 차를 부르는 거쥬."

"그러다 보면 더러 맡긴 소를 외지 장에 끌고 가서 팔아먹는 놈들도 있겠구먼."

"말이 뭐래요. 저도 두 마리를 잃었다 찾은 걸요. 대화 횡성 장에 사람을 풀어가지고요."

"그럼 내가 자네한테 그런 일을 해줄 맞춤한 사람 하나를 소개함세. 만에 하나 실수로라도 소를 잃는다면 내가 소 값의 두 배를 변상하기로 하고 말이지."

"아이구, 아저씨가 보증까지 서주심 저야 더욱 좋쥬. 다들 자동차 운임이 비싸 난린데."

"대신 자네도 나한테 약조 둘을 해주어."

"어떤 약존데요?"

"일을 하다 보면 장마다 늘 같지는 않을 테니 자네 일이 없는 날도 다른 사람 일을 자네가 연결시켜주게."

"그건 지가 일부러 연결시키지 않더라도 장판에 가면 저절로 다 연결돼 있는 걸요 뭐."

"또 하나는 내가 인권*하는 사람이 좀 용해서 그러는데, 품삯 같은 거 속이지 말고 다른 사람을 부릴 때처럼 해주어야 하네."

"아이구, 소장수가 소값으로 이문을 남겨야지 소몰이 품삯 속여 이문 남기면 장사 못하쥬. 그런 염려는 딱 붙들어 매시고 사람이나 불러보세요."

차무집 어른은 마당으로 세일을 불렀다. 사랑에 앉아 있던 소장수는 세일의 모습을 보고 첫눈에 실망하는 눈치였다. 그걸 차무집 어른이 모를 리 없었다.

"세일이 니가 여름마다 소를 끌고 산에 가서 풀을 뜯기고 한 게 몇 해쯤 되누?"

"십 년도 더 되쥬."

"그러면 소를 다스리는 일 하나만큼은 자신이 있겠구나."

"그거야 지가 늘 하는 일인데요, 뭐."

"그러면 외양간에 있는 큰 소 두 마리를 여기 마당으로 끌고 나오너라."

"왜요, 아버지."

* 다른 사람에게 인도하고 권장하다

"여기 산계댁 형님한테 니가 소를 얼마나 잘 다루는지 보여주려고 그런다."

"히히. 소야 뭐 지가 선수쥬."

세일은 영문도 모른 채 소를 끌러 외양간 쪽으로 절룩거리며 걸어갔다. 그 사이 차무집 어른은 마루에 함께 나와 선 소장수 조카에게 말했다.

"자네, 아직은 저 애 행색만 보고 좀 마뜩찮기도 할 게야. 그렇더라도 재가 하는 일을 다 보기 전엔 아무 소리 말고 지켜보기나 허이. 어차피 사람을 쓰고 안 쓰고는 자네가 결정하는 거니까."

"그러쥬, 뭐."

대답을 하면서도 소장수 조카는 괜히 세배를 왔다가 혹만 붙었구나, 하는 얼굴이었다. 세일은 금방 황소 한 마리와 암소 한 마리를 한 손에 두 고삐를 잡고 마당으로 끌고 나왔다. 암소가 바로 예전의 송아지가 자라 큰 소가 된 검은눈소였다. 다른 소들은 눈가가 불그스름한데 이 소는 눈가에 화장을 한 듯 거무스름했다. 아이들이 붙인 이름이었다. 특히나 검은눈소는 사람 말을 잘 들었다. 소와 같은 해에 태어난 이 집의 다섯 살짜리 막내도 큰 소를 논밭으로 끌고 다니는 심부름을 할 정도였다.

"소들이 꼼짝 못하도록 두 마리 다 코뚜레에다가 고삐를 단단히 엮어봐라."

세일은 한손으로도 익숙한 솜씨로 코뚜레에 고삐를 엮었다.

"자, 그러면 암소를 앞에 세우고 수소를 뒤에 세운 다음 뒤에 소의 고삐를 앞에 소 다리 사이로 넣어 목뚜레에 얽어매어봐라."

"야, 이렇게 말이쥬?"

세일은 보통 사람들은 두 손으로 하기도 서툰 일을 한손으로 금방 능숙하게 해냈다.

"그러면 앞에 소만 끌고 가도 뒤에 소가 저절로 따라오겠제?"

"이기 소들이 하는 기차놀이래요."

"그래. 기차놀이든 뭐든 여기 산계댁 형님하고, 아비가 보는 앞에 소 두 마리를 끌고 아랫말로 한번 내려가 보자꾸나."

"이려, 가자!"

세일은 꽁무니에 단 소 두 마리를 한꺼번에 끌고 사립문을 나섰다. 소장수 조카의 얼굴이 아까보다는 한결 밝아졌다. 그러나 여전히 다는 못 믿겠다는 얼굴이었다. 세일에게 끌려 마당을 나섰던 소는 아랫마을 한 바퀴를 돈 다음 다시 마당으로 돌아왔다. 세일은 아까보다 한결 자신 있는 얼굴을 했고, 소장수 조카도 흡족한 얼굴을 했다.

"이제 다음 장부터 재를 우시장으로 보내도 되겠는가?"

"아이구, 그럼요. 꼭 저한테 보내세요."

"이제 강릉 우시장에 소 두세 마리를 한꺼번에 끌고 대관령이고 삼팔선을 내 집처럼 넘나드는 소몰이가 나온 게야."

"그런데 저런 재주는 언제 가르쳐두셨대요?"

"몸이 저래도 못 하는 게 없는 아이일세. 한 손으로 낫질도 하고 나뭇짐도 지고 그런다네."

"아하, 맞어……. 지금 아주머니 들어오실 때 같이 들어온 아들이쥬?"

"아닐세. 내가 아주 힘들고 귀하게 낳은 자식일세. 그런데도 머릿속이 어리니 우전거리에서는 일가 형님인 자네가 잘 보살펴주게."

"아이구, 그거야 여부가 없는 일이쥬."

그때부터 세일은 닷새마다 우시장으로 나가 멀리는 양양이며 진부까지 소장수들의 소를 끌고 다녔다. 한 달에 대여섯 번쯤 장이 선다면 그중에 네댓 번은 대관령을 넘었고, 한 두 번은 삼팔선 넘어 양양으로 소와 함께 드나들었다.

그 시절 강릉에서 대관령 너머로, 또 대관령 너머에서 강릉으로 세일이만큼 그 길을 많이 걸어다닌 사람도 없었다. 마음이 자신의 길동무처럼 여리고 순박해 소를 끌면서 단 한 번도 다른 마음을 먹지 않았다. 늘 길동무와 함께 대관령을 넘는, 소처럼 온순하고 우직한 사람이었다.

차무집 어른은 뒤늦게 얻은 아들에게 세상을 살아가는 두 덕목으로 근면과 성실을 가르쳤지만, 그것과 함께 세상을 살피는 지혜는 가르치지 못했다. 어쩌면 그것은 아무리 가르쳐주어도 세일의 요량 밖의 일이었는지도 모른다.

차무집 어른이 눈을 감기 바로 전해에 몸은 멀쩡하여도 자기보다 더 모자란 색시와 혼인하여 어머니까지 모시고 살림을 났지만, 그러나 그 살림이 오래가지 못했다. 세일은 자기 몸으로는 아들을 낳을 수 없는 노새와 같은 몸이었고, 혼자서는 어떤 판단도 할 수 없는 색시는 누군가의 부추김에 넘어가 어느 날 마을에서 행방을 감추었다.

아내가 집 안에 모아놓은 돈과 시집올 때 받은 패물을 훔쳐내 남자와 함께 영영 자취를 감춘 다음 날에도 세일은 이미 지난 장에 정해놓은 약속대로 소를 끌고 소와 함께 이 세상에서 가장 외롭고 슬픈 길을 걸어 대관령을 넘었다.

그날 세일은 한차례 눈물 같은 소낙비를 맞으며 대관령 아흔아홉 굽이를 넘어 횡계로 갔다. 거기에 소를 가져다주고, 다음 날 다시 소장수가 사놓은 소를 끌고 강릉으로 왔다. 아직 대관령의 굽잇길이 포장되기 전의 일이었다. 횡계에서 대관령을 넘어 강릉으로 오며 세일은 소와 긴 이야기를 하며 울었다.

"소야. 니는 니가 어디에서 와서 어디로 가는지 아나? 니는 니 아버지를 아나? 나는 나를 낳아준 아버지는 모르고 나를 키워준 우리 아버지만 안다. 소야. 나는 사람들이 참 싫다. 나를 해파리라고 부르는 사람도 싫고, 나를 바보라고 놀리고 속이는 사람도 싫다. 소야. 나는 사람보다 소가 더 좋다. 니는 대답을 하지 않아도 나는 이렇게 걸으며 니들과 얘기하는 게 더 좋다. 사람들은 나하고 얘기하지 않는다. 내가 가까이 가면 벌레 같은 게 왔다고 다들 저만치 피해 앉는다. 내가 그걸 왜 모르겠나. 그러면서 내가 가진 거 다 뺏어가려고만 한다. 어떤 사람인지 내가 번 돈도 뺏어가고 내 색시도 뺏어갔다. 그래도 나는 나를 두고 간 내 색시가 밉지 않다. 소야. 니는 나하고 이렇게 걸어 니가 어디로 가는지 아나? 나도 이렇게 걸어 내가 어디로 가는지 잘 모른다. 어디로 가는지도 모르면서 이번 장날에도 걷고 다음 장날에도 절뚝절뚝 또 걷는다. 그러다 언젠가 힘이 빠지면 그때는 내가 선 자리에 느들하고 같이 걸음을 멈추면 되는 거지. 소야 ……."

그 얘기를 소 가운데서는 가장 지혜롭고 영민한 검은눈소가 전해 들었다. 그날 세일이 저녁 늦게 끌고 온 소가 차무집 외양간에서 하룻밤을 자고 다시 어디로 가는지도 모를 길을 떠났던 것이다.

이런 이야기를 하면 사람들은 설마 소들이 그런 이야기를 나누었을까, 믿어지지 않는다고 하지만 그러나 사람들이 소 모르게 소 이야기를 하듯 소들도 사람이 모르는 밤에 사람이 모르는 이야기를 나누는 법이었다.

검은눈소와 우리

차무집 아들이 전하는 검은눈소의 이야기

세일이 소몰이꾼으로 나선 다음 이 집 외양간의 소를 맡은 건 세우의 셋째 아들과 넷째 아들이었다. 위에 큰아들과 둘째 아들은 시내의 중학교와 고등학교를 다녀 아침 일찍 학교에 갔다가 저녁 늦게 돌아왔다. 봄과 여름이면 아래 두 형제는 매일같이 소와 함께 산에 올랐다. 뒷산에도 오르고, 대대로 마을의 씨소가 있는 웃마을 골아우 산을 찾아가기도 했다.

그때의 형제들이 모두 자라 어른이 되었다. 어른이 되어 큰아들과 둘째 아들은 서로 약속이라도 한 듯 자기 회사를 운영하는 사람이 되었다. 또 셋째 아들은 작가가 되고, 넷째 아들은 어느 자동차 회사의 회사원이 되었다.

평생을 사람보다 소와 더 많이 걸었던 세일은 머리가 희끗희끗해
질 때까지 소와 함께 대관령과 삼팔선을 넘나들었다. 그는 평생의
친구와도 같은 소와 함께 걷다가 걸음을 멈추고 싶어했으나 그러지
못했다. 그가 길 위에서 걸음을 멈춘 것은 더 이상 끌고 다닐 소가
없게 되어서였다. 흙길이었던 대관령 길과 삼팔선 길이 말끔하게 포
장되고 쉴 새 없이 자동차가 오갔다. 차들이 씽씽 달리는 길 위에
한 마리든 두 마리든 소를 사람이 끌고 다니는 것보다 자동차로 실
어 나르는 것이 훨씬 안전하고 비용이 적게 들게 되었다.

"상빈아. 상준아. 저 길과 차들이 내 소를 뺏어갔어."

어느 해 여름방학이 되어 막내조카가 고향에 내려갔을 때 멀리
집 앞의 고속도로를 바라보며 세일이 말했다.

"그러면 요즘은 어떻게 지내세요?"

"아무것도 하지 않고 지내. 아버지는 일하지 않으면 밥도 먹지 말
라고 했는데."

"삼촌. 할아버지의 말씀은 그런 뜻이 아니에요. 삼촌은 참 열심히
사셨어요. 소한테도 잘하고, 사람들한테도 잘하고요."

"내가 소한테 잘했다고?"

"예. 그럼요."

"아니야. 소들이 같이 다니며 나한테 잘했던 거지."

그런 세일이 세상을 떠난 것은 오 남매의 조카들 모두 가정을 가
진 다음이었다. 장례 때 조카들이 다 모여 소처럼 여리고 소처럼

순박했던 한 삶을 기렸다. 화장장 화구에 불이 당겨질 때 사람들은 세일에게 이제는 모든 것을 다 잊고 훨훨 떠나 좋은 곳에 가서 살라고 했지만, 형으로서 평생을 옆에서 지켜보고 보살펴온 차무집의 새 주인은 다른 말을 했다.

"세일아. 사람 많은 곳에 가지 말고, 소들이 많은 곳으로 가거라."

그 말은 어떤 사람은 따뜻하게 듣고, 어떤 사람은 서늘하게 들었다.

"그래요 삼촌. 우리 집 소들이 있는 곳으로 가세요."

막내조카가 눈물을 훔치며 말했다.

하늘에 가서도 정말 그럴 수가 있어 예전에 이 집 외양간을 지키던 소들이 있는 곳으로 간다면, 조카들도 왠지 안심할 수 있을 것 같았다. 전 생애를 보더라도 세일은 사람보다 소가 가깝고 편한 사람이었다.

그리고는 또 사람들은 잊었다. 산다는 게 그런 것이었다. 늘 급한 것은 따로 있고, 아름답고 애틋한 것은 삶의 뒤안길 저 멀리 있었다. 그러다 어느 날 이 집의 셋째와 넷째 아들은 소가 주인공으로 나오는 어떤 영화를 본 다음 아주 오랜 세월 잊고 있었던 옛 시절 검은눈소에 대한 추억을 떠올렸다.

'그래, 우리에게도 소와 가장 가까운 삼촌이 있었고, 또 우리의 친구 같고 형제 같은 소가 있었지. 우리가 검은눈이라고 이름 붙여

196

주었던 소가 …….'

  둘 다 그런 마음으로 형제는 메시지를 주고받았다.

형: 나는 사람에게 영혼이 있듯 소에게도 영혼이 있었으면 참 좋겠
어. 그러면 검은눈 그 친구하고 얘기할 게 참 많을 것 같은데. 아마
우리 오 남매 모두 그 친구를 기억하고, 그 친구도 우리 오 남매를
기억할 텐데 말이지.

동생: 형 얘기를 들으니 나도 어렸을 적에 우리 집에 있던 그 암소
가 많이 생각나요. 눈가가 조금 까무잡잡하고, 또 점잖고 말도 잘
듣고, 일도 잘하던 소였지요. 아마 나하고 나이가 같았던 것 같은
데, 형들이 다 학교에 가면 어른들이 논에 일하러 갈 때 초등학교
도 아직 안 들어간 내가 그 소를 끌고 다녔지요. 이른 봄부터 논 갈
아엎는 쟁기질, 모 심을 때 써레질, 밭갈 때 쟁기질도 참 잘하고, 사
람 말도 잘 알아듣고, 소 먹이러 늘 같이 다녔는데……

형: 그래. 그 소 이름이 검은눈이었지. 우리 둘이 붙인 게 아니라 아
마 위에 형들이 붙인 이름일 거야. 그 소는 정말 대단했어. 우리 집
논밭에서 일을 하다가 점심 때 쟁기에서 떼어놓으면 저 혼자 집으
로 들어오고, 동네 다른 집 논밭에 일을 가면 귀신처럼 그 집 마당
으로 점심 여물 먹으러 갔지. 너하고 나하고 같이 소 먹이러 참 많
이도 다녔지.

동생: 나도 형하고 골안산 골아우산 소 먹이러 다니던 생각이 많이

나요. 우리 검은눈은 동네서도 아주 이름난 소였는데. 내가 초등학교 이학년인가 삼학년 때 집에 돈이 아쉬워서 오꼴집에 팔았어요. 그때는 또 얼마나 슬프던지. 어른들한테 말은 못하고 혼자 뒤란 자두나무 밑에 가서 나무에 기대서 엉엉 울었다니까요.

형 : 맞아. 그때 큰형과 작은형이 같이 학교를 댕기니 돈이 많이 필요해서 팔았던 거야. 오꼴집에서 우리 집 소가 일을 잘한다고 사갔어. 그 소가 우리 형제한테는 또 다른 형제나 마찬가지였는데.

동생 : 학교 갔다 오다가 일부러 오꼴집 외양간을 기웃거리기도 하고, 한번은 냇가에 매놓은 걸 보고 산에 가서 칡잎을 한 아름 따주었는데, 그때 소가 나를 알아보더라구요. 옛 주인이라고 얼마나 반가워하는지 후로도 가끔 학교 갔다 오는 길에 칡잎과 아카시아 잎을 뜯어주곤 했지요. 지금 얘기를 하다 보니 모든 게 다 아련하게 기억나네요.

형 : 오늘 너하고 이렇게 얘기하다 보니, 나중에라도 내가 글로 우리 집 소 얘기를 한번 써야겠다. 늘 소를 귀하게 여기던 할아버지와 아버지 얘기도 하고, 장마다 소를 끌고 대관령을 넘고 삼팔선을 넘던 삼촌 얘기도 하고, 너하고 나하고 어릴 적 함께 소를 먹이러 다니던 얘기도 하고 말이지. 아직 초등학교도 안 들어간 네가 산처럼 큰 소를 몰고 다니던 모습이 어제 일처럼 눈에 어리는데.

동생 : 그 소는 생일이 겨울이었는데, 제 기억에 집에서 생일도 쇘던 것 같아요. 소 생일날에는 여물에 콩깍지와 콩도 많이 넣어서 죽을

쒀줬고, 여물 위에 쌀겨도 듬뿍 퍼주고요.

형 : 이제 보니 네가 나보다 검은눈에 대해 기억하는 게 더 많구나. 그 소는 겨울에 할아버지와 아버지가 생일까지 챙겨줬지만, 꼭 생일이 아니더라도 새해 첫 축일이면 그게 또 온 동네 소들의 생일이었지. 그날은 집집마다 여물을 걸게 쒀줬어. 정말 내가 언제 이 소 얘기를 꼭 한번 써야겠다. 그래야 검은눈 그 친구가 생전에 살아서 우리 집에 베푼 것들을 갚을 수 있을 것 같다.

동생 : 정말 가족 같았지요. 어릴 적에 집에서 키우던 짐승이어도 아직도 소 얼굴 모습이 그대로 그려져요. 아마 위에 큰형과 작은형도 검은눈의 얼굴을 기억할 거예요. 그동안 우리 집 외양간에 오고간 소들이 많았지만 아버지 어머니도 검은눈의 얼굴을 기억하실 거예요.

형 : 말 못하는 소가 그동안 우리에게 베풀고 가르쳐준 게 그만큼 크고 많았다는 뜻이겠지.

동생 : 이렇게 얘기를 나누니 정말 보고 싶네요. 왠지 하늘에 삼촌하고 같이 있을 것 같은 생각도 들어요.

그 아이들과 나

검은눈소가 전하는 마지막 이야기

　그래. 차무집 아들의 말대로 내가 팔려간 것은 내가 태어난 지 십 년이 되던 해(1971년)의 일이었다. 그때 이 집의 두 아들이 서울의 큰 학교를 다녔다. 주인어른 내외는 어떻게든 나만은 팔지 않으려고 했는데, 내 옆의 소 한 마리만 팔아서는 두 아들의 대학 등록금을 마련할 수가 없었다. 그래서 막 젖을 뗀 송아지 한 마리를 외양간에 남겨놓고 나와 내 옆의 친구가 함께 팔려가게 되었다. 상아탑이라는 말이 농담 반 진담 반 우골탑이라 불리던 시절이었다.

　그러나 셋째도 막내도 잘 알지 못하는 것 한 가지가 있었다. 그때 나는 처음부터 오꼴집에 팔려간 것이 아니었다. 내 옆의 소와 함께 두 마리 다 소장수에게 팔렸다. 나이 든 소가 소장수 손을 거쳐 우시장으로 간다는 것은 암소든 수소든 곧 고기로 실려 간다는 뜻이었다.

　작은 동네라 차무집에서 소를 판 일이 금방 소문으로 돌았고, 전부터 일 잘하는 농우를 탐내온 오꼴집에서 나보다 덩치가 큰 자기집 소를 내놓고, 나를 자기 집으로 끌고 간 것이었다. 그 일을 차무집 세일이 했다. 오꼴집 소를 끌고 간 다음 나를 데리고 간 것이 아니라, 차라리 그랬으면 나으련만 나를 그 집 외양간으로 데리고 간 다음 거기에 있는 소를 끌고 시내 우전거리로 갔다.

　겉으로 보면 한 외양간에 소가 들어오고 나가는 모습이었지만, 그것은 그냥 들고나는 모습이 아니었다. 그 친구와 나의 생사가 오꼴집 외양간 문턱에서 갈린 것이었다. 친구는 장차 자신의 운명을 모르고 문턱을 넘었지만, 나는 그 친구가 내 대신 죽음의 길로 끌려간다는 것을 이미 알고 있었다. 그것은 내가 먼저 소장수에게 팔려 여기로 온 소였기 때문이었다.

　"그러니까 사람이고 소고 일을 잘해야 돼. 일만 잘하면 오꼴집 소처럼 죽을 목숨도 산목숨으로 바꾼다니."

　동네 어른들은 논밭에서 일을 배우는 아이들에게 근면의 어떤 귀감처럼 내 얘기를 자주 했다. 그러나 그 말을 듣는 내 입장은 늘 목에 무엇이 넘어가지 못하고 걸리는 듯한 기분이었다. 누군가 하나 죽으러 가야 하는 것이 나였는데, 단지 일을 조금 낫게 한다는 걸로 그 자리에 동료를 밀어 넣고 빠져나온 듯한 죄의식을 오꼴집 외양간에 있는 내내 나는 느껴야 했다.

그때 외양간 문턱에서 서로 생사를 바꾸는 모습으로 들고나며 그 친구의 얼굴을 보지 않았다면 뒤에라도 내 마음이 편했을까. 아마 그러지는 않았을 것이다. 그러나 그렇게 얼굴을 마주친 것이 생의 큰 부채와 상처처럼 내게 남았다.

소로서 내가 빛났던 시절은 차무집에서 저 두 아이와 함께 하면서였다. 학교에 다녀와서든 방학 때든 아래 두 형제는 외양간에 있는 소 두세 마리를 한꺼번에 몰고 가까운 골안산에도 오르고 조금 멀게는 마을의 씨소가 있는 골아우 산에도 올라 우리를 풀어놓았다.

오고 가는 길, 산에서고 들에서고 우리는 또 서로 알아들을 수 있는 이야기와 알아듣지 못할 이야기를 얼마나 많이 나누었던 건지.

우리가 가끔 가는 골아우 안엔 두 군데 재미있는 곳이 있었다. 하나는 그 골 안쪽에 있는 일처오부의 묘였다. 옛날에 거기에 팔자 사나운 한 여인이 주막을 차리고 살았다. 그런데 여인의 팔자가 기구해 함께 사는 남자들은 모두 해를 넘기지 못하고 죽어버리는 것이었다. 그렇게 단명한 남정네들의 묘를 나란히 그곳에 썼고, 제일 아랫자리에 그 여인의 묘를 써서 일처오부의 묘가 되었다는데, 내가 음기가 강한 골아우의 산세와 더불어 얘기해주어도 두 형제는 아직 어려 그게 무슨 말인지를 몰랐다.

그리고 또 하나는 내 할머니의 할머니의 할머니가 차무집 그릿소로 오기도 전에 이곳 골아우에 들어와 천주학의 신앙생활을 하다 서울에서 내려온 포도청 포졸들에게 잡혀가 치명한 심스테파노에 대한 얘기였다. 병인박해 때의 일이었다. 그는 그 시기 강원도 태백산맥 동쪽의 유일한 순교자였다.

  그의 삶에 대해서는 나도 잘 모르는 일이고, 내가 미리 알았던 것은 언젠가 이 집의 셋째가 자라 어른이 되어 글을 쓰는 사람이 되었을 때 그가 지금은 아무 생각 없이 동생과 함께 소를 몰고 걷는 이 길을 '심스테파노의 길'로 이름 짓고 이 길에 대한 이야기를 쓸 거라는 점이었다.

  사람인 그도 짐작 못할 일을 소인 내가 어떻게 알았느냐고? 그것은 어느 밤 흰별 할머니가 뚜벅뚜벅 내 머릿속으로 걸어와 너희가 날마다 풀을 뜯으러 가는 곳이 바로 그런 곳이다, 하고 알려주었기 때문이다. 얼른 이해가 가지 않겠지만 세상일에 대하여 사람은 모르되 소인 우리가 미리 아는 것은 이것뿐이 아니다.

  사람들은 먹는 나물과 나물처럼 생겼지만 먹으면 잘못되는 독초를 구분 못 해, 또 비슷하게 생겨도 먹는 버섯과 먹지 못하는 버섯을 구분 못 해 목숨을 잃기도 하지만 우리 소들은 단 한 번도 그런 일이 없었다. 비 오는 날 사람들이 베어주는 풀을 외양간에서 받아먹으면 설사를 해도 우리가 들에 나가 이 풀 저 풀 가려 뜯어먹으면 절대 그런 일이 없다.

사람의 일로, 또 사람의 경우로만 재어서는 우리 소들의 일을 다 이해할 수가 없다. 사람들은 늘 혼자서만 똑똑한 척하지만, 그렇지 않은 부분도 있는 것이다.

여러 형제들 중에서 나와 가장 가깝게 지낸 것은 막내였다. 어릴 때의 별명이 놀부였다. 하는 일마다 엉뚱해 자주 야단을 들었다. 그러면 금방 집을 나갈 듯이 말하고는 외양간 한켠에 푹신하게 짚을 깔고 우리보다 먼저 쿨쿨 잠이 들어 식구들을 놀라게 했다.

"애 봐. 또 왔네."

우리도 그 아이가 외양간 구유 아래 푹신하게 짚을 깔고 누우면 괜히 재미있어 하고, 괜히 좋아 흥흥거렸다.

내 옆에 삼 년 동안 같이 있던 나의 다섯 번째 새끼 우라리는 몸집이 골아우 씨소만큼이나 큰 황소였다. 우라리라는 이름도 목청이 우레처럼 커서 붙인 이름이었다. 풀을 뜯으러 골아우 산으로 오갈 때 한 발 한 발 움직이는 것을 보면 같은 소가 보아도 황갈색의 골 깊은 산맥이 시시각각 앞으로 움직여 나가는 듯했다. 그런 우라리도 여러 식구들 중에 세일이 아저씨와 이 집의 막내 앞에서는 꼼짝 못했다. 그건 우리가 어린 막내를 무서워해서가 아니라 소띠이기도 하고 집에서 야단을 들으면 외양간에 와 쿨쿨 잠도 자는 그 아이와 우리가 마음으로 서로 잘 통하기 때문이었다.

내가 오꼴집으로 외양간을 옮긴 다음에도 막내는 자주 놀러왔다. 칡잎이나 아카시아 잎을 한 아름 따 들고 와서는 꼭 이렇게 말했다.

"검은눈아. 이 다음에 내가 너를 우리 집으로 데리러 올 거야."

어린아이의 약속이 지켜질 수 없다는 것을 알았지만, 나는 그 소리를 들을 때마다 기뻤다. 학교에 갔다 집으로 가는 길에도 오고, 어느 때는 집에 가서 외양간을 열어봤는데 내가 없어서 한걸음에 달려왔다고도 말했다. 그런 아들을 보고 어른도 마음이 아팠지만, 나도 마음이 아팠다.

막내가 오면 나는 늘 워낭을 흔들어 반겼다. 소를 팔 때 워낭은 다들 떼어놓고 파는데, 차무집 소 적통의 상징과 같은 흰별소 할머니의 워낭을 내가 그대로 차고 오꼴집으로 왔다. 아마 차무집 어른도 내가 죽을 길에서 살아난 것이 다행스러워 차마 그것까지 떼어놓고 가라고 할 수 없었던 것인지 모른다. 오래 오꼴집에 있어도 내 마음속에 나는 흰별 할머니의 외양간과 워낭을 물려받은 차무집 소였다.

나는 열세 배의 새끼를 낳았다. 낳다가 죽인 새끼는 하나도 없었지만, 뒤에 다섯 마리의 새끼는 나도 그들 아비소의 얼굴을 몰랐다. 내가 여덟 번째의 생을 내자 오꼴집 주인이 골아우 씨소를 찾아가는 대신 시내 농촌지도소로 가서 내 얘기를 했다. 그러자 금방 오토바이를 타고 지도소 사람이 왔다. 그는 작은 유리대롱 속에 든 어떤 수소의 정자를 긴 유리빨대를 이용해 내 자궁에 안착시켰다.

세상이 그렇게 변해가고 있었다. 우리의 임신만 그런 것이 아니라, 우리가 보습을 끌어 대지를 갈아 일으켰던 논갈이와 밭갈이도 한 집 두 집 경운기가 그 일을 대신해나갔다. 경운기가 들어가기 어려운 비탈 언덕의 다락논 말고는 우리 소들이 일할 논밭이 점점 줄어들었다.

예전에는 새끼도 낳고 일도 하고 두 가지 다였지만, 이제 암소는 새끼를 낳는 일만 전담했다. 내가 떠나온 차무집 외양간의 사정도 오꼴집과 다를 게 없었다. 우리보다 부리기도 쉽고 일도 많이 할 수 있는 경운기가 마당 한켠에 소처럼 자리를 잡고, 외양간엔 새끼를 낳는 암소를 키우거나 금방 살을 찌워 내다 팔 비육우를 키웠다.

내가 차무집에 낳고 온 암송아지도 큰 소가 되어 두 배인가 세 배 새끼를 낳았다. 입이 짧아 꼴을 먹을 때면 풀을 골라서 먹는 통에 버리는 풀이 많아 반제기라는 별명을 가진 그 소도 차무집 외양간을 오래 지키지 못했다. 일을 배우기는 했어도 경운기에게 금방 자리를 빼앗기고, 키우는 소들도 모두 비육우 수소로 바뀌어 흰별소 할머니의 자손들은 차무집 외양간에서 반제기를 마지막으로 절손되고 말았다.

내가 금우궁으로 든 다음 세상의 소들은 내가 말년에 겪었던 것보다 더 많은 변화를 겪어야 했다. 아주 특별한 경우가 아니면 일을 하는 소들은 다 사라졌다. 언제부턴가 우리 후손들은 예전에 우리가 했던 코뚜레 대신 귀에 바코드를 찍은 번호표를 달기 시작했다. 쟁기를 잃으며 얻은 것이 그런 것이었다.

바코드만 읽어내면 아버지가 누구고 어머니가 누구며 언제 태어났는지 출생의 모든 자료가 적혀 있다. 예전에 우리를 불렀던 흰별소, 미륵소, 버들소, 화둥불소, 홍걸소, 외뿔소, 콩죽소, 무명소, 검은눈소, 우라리소, 반제기소와 같은 이름은 사라지고 마치 수용소의 죄수들처럼 모든 것이 번호로 관리되는 것 같았다. 우리가 보습으로 대지를 갈아 일으키던 시절에는 상상조차 할 수 없는 일들이었다.

더 심한 일들이라고 왜 없겠는가.

그러나 그만하자.

우리 소와 사람은 이제 논밭과 수레에서가 아니라 식탁에서 만난다. 어디에서 만나든 사람도 우리도 건강하게만 만나면 된다.

지금은 우리 소들의 영혼이 깃든 황소자리가 하늘 저편으로 몸을 감추어가는 오월의 봄밤. 예전의 이별 후 아주 많은 시간이 흘러 나는 플레이아데스 궁전에서 저 아래 땅 위에 있는 예전의 그와 그의 모습을 닮은 두 아이를 본 것이었다.

가을이 되어 동쪽 하늘에 다시 수레를 끄는 소처럼 우리 황소자리가 우추리 하늘 위를 비출 때 다시 그를 보게 될 것이다. 그때는 하늘과 땅에서 우리의 영혼이 교감하는 인사를 나눌 것이다.

　그에게 꼭 전해야 할 안부 하나가 있다.
　흰별 할머니가 처음 목에 달고, 내가 마지막으로 목에 달았던 우리 차무집 소 적통의 상징과도 같았던 워낭……. 그 워낭이 우추리 오꼴집의 무너진 외양간 터에 푸른 녹이 슨 채 땅속에 묻혀 있다. 이젠 땅 위에서 어느 소에게도 소용없는 물건이어도 그것은 아직 세상에 들려주지 못한 우리의 이야기를 간직한 채 누군가의 손길을 기다리고 있다.
　내 오랜 친구였던 그가 어느 날 문득 그것을 떠올려줬으면 좋겠다.
　그러면 저 이야기 속에 우리의 이야기도 세상에 전해질 수 있을 것이다.
　뿔은 가도 워낭은 남아 이야기를 전하는 법…….
　흰별소의 자손으로 이 땅에 우리는 그렇게 대를 이어 살아왔다.
　건강하고 의기 있게,
　그리고 아름답고 씩씩하게…….

　무우…….

소처럼 걸어서 이 이야기를 썼다

나는 걷는 것을 좋아한다. 청소년기에는 하루 30리 길을 걸어 학교에 다녔다. 지금도 주말에 강원도로 가서 그곳의 걷기 좋은 길들을 이 소설 속의 소들처럼 걷고 또 걷는다. 걸으면서 그동안 이 땅에 무수하게 왔다간 소들의 짧은 생애를, 그들의 거울처럼 큰 눈에 비친 사람들의 삶은 어떠했을까를 생각한다.

그런 생각 끝에 120년간 한 집의 외양간을 대대로 지켜온 어떤 소의 가문에 대한 얘기를 하게 되었다. 소가 사람과 함께 땅을 경작하던 시절에서부터 이제 논밭에서 완전히 물러나 축사에서 사람이 먹을 우유를 만들고 살코기로만 팔려나가고 있는 지금까지 120년 동안의 일과 사람살이를 소의 눈으로 그렸다. 그러는 동안 사람은 4대, 소는 12대의 역사를 이뤘다. 그들은 이 땅을 함께 걸어오고, 또 보습 하나로 대지를 갈아왔다.

그들이 보습으로 논밭을 갈듯 이 소설을 썼다. 그러다 보니 소와 사람이 함께 쟁기로 갈아 일으킨 대지 위에 소나 사람이나 구분이 없어져 소의 눈으로 사람 얘기를 하는 것인지, 사람 눈을 통해 소의 이야기를 하는 것인지, 이 소설 안에 그들의 삶이 한데 어우러지고 말았다.

글을 쓰는 내내 아주 잘 생긴 소 한 마리가 오랜 벗처럼 나와 함께 먼 길을 걸은 느낌이다. 그 오랜 벗의 말과 생각을 그의 목에 달렸던 워낭 소리처럼 이 세상 사람들에게 전한다.

2015년 1월
이순원